LES REINES DU FAUBOURG

Du même auteur
Chez le même éditeur

Un aussi long chemin, 1995.
De deux roses l'une, 1997.
Reines tragiques, 1999.
Tragédies impériales, 2001.
La Vie de château, 2001.
Seigneurs de la nuit, 2002.
Elles ont aimé, 2002.
Des maris pas comme les autres, 2004.
Suite italienne, 2005.
Les Chemins de l'Aventure, 2006.

CHEZ PERRIN

Le Sang des Kœnigsmark : 1. *Aurore*.

CHEZ PLON

Dans le lit des rois, 1983.
Dans le lit des reines, 1984.
Les Loups de Lauzargues :
1. *Jean de la nuit*, 1985.
2. *Hortense au point du jour*, 1985.
3. *Felicia au soleil couchant*, 1987.

Le Roman des châteaux de France :
1. 1985.
2. 1986.
3. 1987.

La Florentine :
1. *Fiora et le Magnifique*, 1988.
2. *Fiora et le Téméraire*, 1989.
3. *Fiora et le pape*, 1989.
4. *Fiora et le roi de France*, 1990.

Le Boiteux de Varsovie :
1. *L'Étoile bleue*, 1994.
2. *La Rose d'York*, 1995.
3. *L'Opale de Sissi*, 1996.
4. *Le Rubis de Jeanne la Folle*, 1996.
5. *La Perle de l'Empereur*, 2001.

Les Émeraudes du prophète, 1999.
Secret d'État :
1. *La Chambre de la reine*, 1997.
2. *Le Roi des Halles*, 1998.
3. *Le Prisonnier masqué*, 1998.

Le Jeu de l'amour et de la mort :
1. *Un homme pour le roi*, 1999.
2. *La Messe rouge*, 2000.
3. *La Comtesse des ténèbres*, 2001.

Les Chevaliers :
1. *Thibaut ou la Croix perdue*, 2002.
2. *Renaud ou la Malédiction*, 2003.
3. *Olivier ou les trésors templiers*, 2003.

Les Joyaux de la sorcière, 2004.
Marie des intrigues, 2004.
Marie des passions, 2005.
Les Larmes de Marie-Antoinette, 2006.

AUX ÉDITIONS JULLIARD

Les Dames du Méditerranée-Express :
1. *La Jeune mariée*, 1990.
2. *La Fière Américaine*, 1991.
3. *La Princesse mandchoue*, 1991.

Les Treize Vents :
1. *Le Voyageur*, 1992.
2. *Le Réfugié*, 1993.
3. *L'Intrus*, 1993.
4. *L'Exilé*, 1994.

Juliette Benzoni

LES REINES DU FAUBOURG

BARTILLAT
2, rue Crébillon, 75006 Paris

www.editions-bartillat.com

Avant-propos

Encore le faubourg est-il un bien grand mot ! Souvent c'est la rue, le pavé, le ruisseau même qui les ont vu naître ! Aucune n'éclôt le jour dans la soie ou le velours et les couleurs de la vie que découvraient leurs yeux d'enfants étaient le plus souvent bien grises, parfois même sinistres. Mais toutes, à l'exception d'une seule à qui une voix immense en tenait lieu, avaient reçu ce que lord Byron appelle « le don fatal de la beauté ». Une brauté exceptionnelle pour la plupart dont elles usèrent pour survivre d'abord – et dans des conditions parfois sordides ! – puis pour tirer des hommes les moyens de s'ouvrir les chemins de la réussite. Des chemins qui les ont hissés jusqu'au sommet où brille le soleil – pas toujours le même pour toutes d'ailleurs ! – là où coulent des rivières de diamants et où le carrosse de Cendrillon ne redevient jamais citrouille.

Oui, elles ont régné ! Sur les hommes asservis, sur Paris et souvent bien au-delà par la magie de leur éclat joint à une intelligence certaine, à un talent, à un irrésistible besoin de revanche et aussi à la chance. L'une d'elles n'est-elle pas passée d'un tablier de servante à la couronne impériale de Russie ?

Ont-elles été heureuses ? C'est une autre histoire. Les feux de la rampe, les illuminations des fêtes, l'excitation du plaisir et le fracas de la renommée n'ont jamais créé un climat propice au bonheur. Il est une plante fragile qui s'épanouit souvent dans l'obscurité et le silence. Certaines – pas beaucoup ! – ont réussi ce coup de maître d'une existence heureuse une fois éteints les projecteurs qui les épinglaient au pilori d'une célébrité de bon ou de mauvais aloi comme le papillon sur la planche de l'entomologiste.

Alors enviables ces petites reines sorties de rien ? Peut-être ou peut-être pas. C'est à vous de juger...

JEANNE DE TOURBEY

On l'appelait « La Madone aux violettes »

La rinceuse de bouteilles

La pièce d'or brille dans sa main comme un petit soleil. D'ailleurs plus elle la regarde et plus Jeanne a la sensation qu'elle dégage de la chaleur. Elle resserre autour d'elle ses doigts minces, crevassés par les lavages incessants et serre, serre comme si elle voulait incruster la pièce dans sa chair puis ferme les yeux un instant pour effacer le paysage gris de pluie, les maisons lépreuses de son faubourg misérable.

– Eh, la Jeanne ! appelle une voix. Tu dors debout ? Tu ferais mieux de te dépêcher parce que si t'es en retard, le chef caviste ne te ratera pas !

Lucien, son voisin, un jeune ouvrier charpentier qui lui fait les yeux doux, vient de l'interpeller. Avec hâte, elle enveloppe la pièce dans la lettre où elle se trouvait, fourre le tout sous son corsage et croise étroitement son châle de laine noire. Puis elle s'élance dans les rues de Reims vers la grande maison de champagne où, à longueur de journée, elle rince des bouteilles dont elle ne connaîtra certainement jamais le contenu. Mais, ce jour-là, ses pieds volent plus qu'ils ne courent car cette pièce d'or, ce louis de vingt francs c'est le « Sésame ouvre-toi » d'un univers enchanté. Tout au moins c'est la clef des champs.

Toute la journée, elle relit dans sa tête la lettre de son amie Germaine : « Laisse tout tomber et viens me rejoindre à Paris. Je t'envoie ce qu'il faut pour t'acheter une robe et prendre la diligence. N'hésite plus. À Paris une belle fille comme toi peut gagner de l'or. À Reims, tu ne feras que crever la misère... »

La misère ? Il y a déjà un moment qu'elle la connaît la petite Jeanne Detourbet, bien qu'en cet hiver 1853, elle vienne tout juste d'atteindre ses dix-huit ans. Sa mère, Marie, ouvrière « épinceteuse » dans une fabrique de feutre l'a eu d'un amoureux tout de suite refroidi quand la maternité s'est annoncée. Par chance, quatre ans après la naissance de Jeanne, Marie a rencontré Louis Rixe, un charpentier qui l'a épousée et, pendant quelques années, on aurait presque pu parler de bonheur dans la petite maison de la rue de Courlancy. Jeanne dont les grands yeux gris, les épais cheveux noirs et la frimousse rose conquièrent tous les cœurs a été à l'école. Elle y a si bien travaillé qu'à treize ans elle remporte le certificat d'études et que sa maîtresse déclare à sa mère que l'on pourrait en faire une institutrice.

Institutrice, sa Jeannette ? Marie Rixe ne demande pas mieux car ce serait pour l'enfant l'assurance d'une vie meilleure. Malheureusement le destin en a décidé autrement. Le brave Louis Rixe tombe d'un échafaudage et se tue. La misère suit de près. Il ne peut plus être question de payer des études à Jeanne et celle-ci, désolée, doit abandonner ses livres pour les caves Pommery tandis que sa mère, incapable de vivre sans un homme, s'éprend d'un serrurier qui a, pour la bouteille, un penchant certain.

Pour la bouteille et aussi pour la chair fraîche. Il a tôt fait de s'apercevoir que la petite Jeanne est exceptionnellement jolie et, dès lors, la vie de l'adolescente devient une sorte d'enfer. Elle doit faire face à la convoitise du serrurier et à la vague jalousie d'une mère dont les charmes commencent à décliner et qui n'a rien à gagner à la comparaison.

Le désespoir gagne Jeanne qui, un jour sans doute, sans l'arrivée providentielle de Lucien, aurait cherché dans le canal la fin de ses ennuis. Il sut la réconforter et trouver les mots qui rassurent :

– Si tu veux on se mariera dès que j'aurai mis un peu d'argent de côté. Comme ça tu échapperas au Fernand...

Jeanne a souri même si la perspective de travailler toute sa vie pour élever difficilement une nichée de gosses ne la tente guère. Néanmoins, elle n'a pas enlevé tout espoir au jeune homme afin de se donner le temps de voir venir et c'est alors qu'elle reçut la première lettre de Germaine, une belle fille rousse ancienne compagne de classe. Fille de boulanger, Germaine n'a jamais eu qu'un goût très modéré pour la farine et les mitrons. En revanche, la vue d'une robe de soie la fait entrer en transes ! Une belle nuit, « empruntant » un peu d'argent à la caisse de la boulangerie et laissant derrière elle quelques phrases explicatives, Germaine a quitté la maison paternelle sans espoir de retour pour aller tenter sa chance à Paris.

Jeanne a rêvé longtemps sur les lettres de son amie, de plus en plus tentée. Puis, la « Parisienne », décidément bonne fille, a porté le coup décisif : la pièce de vingt francs. Ce soir-là, Jeanne prend sa décision et quelques jours plus tard, munie d'un baluchon contenant le peu qu'elle possède et les livres qui lui restent, elle quitte à son tour sa maison après avoir disposé, bien en vue sur son lit, une lettre affectueuse mais ferme destinée à sa mère : elle ne reviendra qu'une fois fortune faite. Et le ciel de Reims disparaît définitivement pour elle.

À Paris où Germaine partage d'abord avec elle son logis du quartier Notre-Dame-de-Lorette, les débuts ne sont pas roses. Prudente autant qu'ambitieuse, Jeanne refuse de s'encanailler dans les lieux de plaisir qu'affectionne Germaine, tel le fameux bal Mabille. Consciente de sa beauté et de sa distinction naturelle, les amours de rencontre, la vie de Germaine et autres grisettes du quartier ne la tentent pas. Ce qu'elle veut, c'est arriver et s'il faut absolument en passer par la galanterie du moins entend-elle appartenir au sommet de la profession.

Après quelques mois, elle décide que le théâtre est encore le meilleur moyen de se faire connaître. Bien renseignée par Germaine que les ambitions de son amie amusent sans éveiller de jalousie, elle se présente un jour au théâtre de la Porte-Saint-Martin et demande à parler au directeur.

Marc Fournier, journaliste, dramaturge, est riche, célèbre, vit fastueusement et occupe une place en vue dans la vie parisienne. En outre, il adore les femmes pour lesquelles il est toujours prêt à toutes les folies. L'audace de cette inconnue qui, sans recommandations et sans relations, prétend être reçue par lui l'amuse et puis son portier lui a dit qu'elle était « bigrement jolie ! » Mais il est positivement foudroyé par cette ravissante fille brune, si distinguée dans une discrète toilette de velours gris clair sur laquelle, pour tout ornement, elle a épinglé un bouquet de violettes. Il prête à peine l'oreille quand elle déclare souhaiter « faire du théâtre ».

Faire du théâtre ? Il est bien question de cela ! Victime du plus brutal des coups de foudre, Marc Fournier expose calmement à sa visiteuse qu'elle a beaucoup trop de distinction pour monter sur les planches, qu'elle est faite pour l'éclat des lustres et non pour celui de la rampe et fait tant et si bien qu'arrivée à la Porte-Saint-Martin par l'entrée des artistes, Jeanne se voit offrir par cet amoureux inattendu de vivre désormais dans l'appartement de fonction qu'il y possède et dont elle va devenir la maîtresse absolue.

Heureux comme il ne l'a jamais été, Fournier la rebaptise en une nuit Jeanne de Tourbey – cela fait plus anglais donc plus chic – et présente sa trouvaille à ses amis.

Ceux-ci s'appellent Alexandre Dumas, Émile de Girardin, Aurélien Scholl, Henry Murger, le peintre Courbet, Sainte-Beuve, Gustave Flaubert et composent bientôt autour d'elle une cour d'écrivains et d'artistes dont elle sera bientôt la reine. C'est en effet une femme du monde née. Douée d'un charme extrême, d'un tact sans défaut, sachant d'instinct s'habiller à la perfection et recevoir comme si elle n'avait fait que cela toute sa vie, la belle amie de Fournier pratique surtout et avec un rare talent l'art difficile de savoir écouter. Bientôt tous ceux qui la connaissent la portent aux nues et comme, dédaignant les bijoux dont cependant Fournier est prêt à la couvrir, elle orne immuablement ses robes d'un bouquet de violettes, elle sera bientôt surnommée tout naturellement « la Madone aux violettes... »

Curieuse Madone d'ailleurs ! Si elle en a le visage pur et les grands yeux limpides, si elle en a la grâce, Jeanne n'en a pas vraiment l'âme. La plupart des hommes d'esprit qui l'entourent sont plus ou moins épris d'elle et elle ne se montrera cruelle avec aucun, partant de ce principe que cela ne lui coûte guère de faire plaisir et qu'un contact étroit avec des hommes d'une telle valeur permet toujours d'apprendre quelque chose. Même sur un oreiller !

Une grande dame...

En dépit des succès qu'elle rencontre, Jeanne Detourbey est consciente de ce qui lui manque encore pour devenir une femme du monde. Aussi déclare-t-elle un jour à Alexandre Dumas fils :

– Tu devrais me trouver un professeur... de civilisation. J'entends par là quelqu'un qui achèverait mon éducation et m'enseignerait ce que j'ignore encore.

Un autre eût ri peut-être de ce souhait qui trahit cependant une certaine hauteur d'esprit. Dumas, lui, prend les choses au sérieux, se met à la recherche de l'oiseau rare capable de jouer les Pygmalions, le trouve en la personne de Sainte-Beuve que Jeanne d'ailleurs connaît déjà et qui se lance dans des cours de « perfectionnement » qu'il se fera payer de la plus aimable façon du monde.

Tout cela nous a fait perdre un peu de vue le bon Marc Fournier qui pourrait se montrer jaloux mais il n'en est rien. Volage lui aussi il vient de s'éprendre de l'actrice Delphine Bon et sa liaison avec Jeanne s'achève le plus courtoisement du monde et se transforme en une solide amitié. S'il récupère son appartement de la Porte-Saint-Martin il a du moins l'élégance d'offrir à « Jane » une contrepartie extrêmement confortable sur la place Vendôme.

De Sainte-Beuve, la jeune femme apprend l'art de choisir ses lectures, de cultiver un esprit avide de connaissances sans tomber dans le travers insupportable des bas-bleus. Elle sait trop bien écouter pour cela.

Un autre « ami » se charge de donner à la statue le poli final. C'est Émile de Girardin veuf depuis peu de l'éblouissante Delphine Gay et plein de tristesse car il vient de perdre à la fois une épouse, une collaboratrice, une extraordinaire maîtresse de maison – le salon de Delphine de Girardin était célèbre – et même une maîtresse tout court ! Grâce à Jeanne, Émile trouve un autre salon en formation et d'autres consolations moins spirituelles mais infiniment délectables : « Je vous aime exceptionnellement, écrit-il en toute simplicité à la jeune femme, et cependant, ma bien-aimée, je trouve que je ne vous aime pas assez... »

Il y a du vrai là-dedans car cet amant « exceptionnellement épris » ne résiste pas à la vanité de présenter sa maîtresse au Prince Napoléon, fils du roi Jérôme et neveu de l'Empereur. C'est un joyeux fêtard assez mal marié à une princesse italienne beaucoup trop pieuse et prude pour les goûts folâtres de son époux. « Plon-Plon », ainsi que l'ont surnommé ses compagnons de plaisir, trompe abondamment la princesse Mathilde avec tout ce que le demi-monde parisien compte de jolies femmes : Cora Pearl, Anna Deslions et même la grande Rachel.

La belle Jeanne l'enthousiasme au point qu'il se hâte de l'installer dans un grand appartement de la rue de l'Arcade où elle peut, enfin, réunir les écrivains, les poètes et les artistes qu'elle aime tant. Tout ce que Paris compte d'illustre dans le monde des Lettres se presse autour de la bergère où Jeanne, toujours délicieusement vêtue et une broderie aux doigts, reçoit avec grâce et toujours... écoute. Est-ce pour elle que Flaubert écrit *Salammbô* ?

Seuls les frères Goncourt restent obstinément éloignés et, dans le salon de la princesse Mathilde dont ils sont les principaux ornements, ils ne se privent pas de dénigrer « la Tourbet ».

Cependant l'amour, le vrai, guette Jeanne. Elle a rompu avec Plon-Plon et s'est offert un intermède oriental avec le richissime Turc Khalil-Bey lorsqu'elle rencontre Ernest Baroche. C'est un charmant garçon, fort riche d'ailleurs et d'excellente famille. Son père est garde des Sceaux, président du Conseil d'État mais tout cela n'intéresse pas la jeune femme. Elle aime vraiment pour la première fois et le jeune homme de son côté est épris au point de songer au mariage. Pour Jeanne ce serait le paradis car cette union lui apporterait enfin le sceau de respectabilité dont elle rêve depuis toujours.

Certes, sa situation d'égérie a grandement atténué sa réputation de courtisane, mais un beau mariage ne serait pas pour lui déplaire. Le malheur veut que la porte ouverte devant elle se referme brutalement. La guerre est venue. Les coups de canon étouffent les flonflons du second Empire et, le 30 octobre 1870, le chef de bataillon Ernest Baroche trouve, au Bourget, une mort aussi glorieuse que prématurée.

Jeanne s'effondre... Désespérée, inconsolable et refusant de voir s'installer dans Paris ceux qui ont tué son amour, elle quitte la France, passe en Angleterre et y demeure terrée sous ses voiles noirs jusqu'à ce que l'ennemi ait repassé les frontières. Alors seulement, elle rentre rue de l'Arcade où ses amis reviennent peu à peu. Mais elle sait bien qu'elle ne pourra jamais combler le vide de son cœur.

Ce retour lui réserve néanmoins une surprise de taille : avant de partir pour la guerre, Ernest Baroche lui a légué par testament toute sa fortune : plusieurs millions et l'usine de sucre de Villeroy, près de Meaux. Cette fois elle est sûre de pouvoir renoncer à jamais à ce qui fut son « métier ».

Seulement Jeanne n'est pas le moins du monde une femme d'affaires. Elle ne se sent aucune vocation pour le gouvernement d'une sucrerie. Pour cette tâche, il faut la main ferme d'un homme. Mais quel homme ?

Elle croit l'avoir trouvé en la personne d'un ami d'enfance d'Ernest : le comte Edgar de Loynes, membre du Jockey club qui, durant la désastreuse guerre, a eu en tant que capitaine de cuirassiers, une conduite fort brillante. C'est au demeurant un bel homme à l'œil vif et à la moustache conquérante. Fort désargenté bien sûr mais sa qualité d'ancien ami semble le désigner tout naturellement pour remplacer Baroche auprès de son héritière. Il fait à Jeanne une cour discrète et de bon goût à laquelle celle-ci se montre sensible. Plus encore lorsqu'il lui propose de devenir comtesse.

C'est alors qu'Émile de Girardin tient à la prévenir : Loynes est séduisant, fort honnête aussi mais c'est un joueur, un viveur, bref : un gouffre d'argent. L'épouser serait folie... Hélas, Girardin arrive trop tard : Jeanne a déjà décidé qu'elle serait comtesse. Que peut-elle en effet rêver de mieux en fait de respectabilité ? En outre, elle est loin d'être insensible au charme de son prétendant. Le mariage est conclu mais par un reste de prudence elle refuse de se marier civilement. C'est dans la chapelle de la Nonciature qu'elle épouse Edgar.

La lune de miel ne dure pas longtemps. Girardin a eu raison sur toute la ligne : à peine marié, Loynes, bien loin de s'intéresser à la fabrication du sucre et au taux de la rente, commence à puiser dans la fortune de sa femme pour en faire bénéficier les cercles de jeu et quelques jolies filles. Trompée, bafouée quasi publiquement et en grand danger d'être ruinée si elle n'y met bon ordre, la comtesse a plusieurs scènes violentes avec son époux qui aboutissent d'ailleurs à une séparation de fait : Edgar qui s'est épris d'une princesse sicilienne quitte le domicile conjugal et Paris pour s'en aller respirer les orangers au pied de l'Etna. Soulagée de quelques millions mais aussi d'un grand poids, Jeanne se tourne alors vers le banquier Joly afin qu'il remette de l'ordre dans ses affaires. Ce qu'il ne manque pas de faire : pour lui donner plus d'ardeur au travail, Mme de Loynes en a fait son amant.

Ce sera le dernier. Jeanne a trouvé la paix du cœur. L'âge, bien sûr, y est pour quelque chose mais elle garde ce charme profond qui a séduit toute une époque. En outre, sa renommée littéraire demeure intacte et dans son salon les anciens rencontrent les nouveaux venus des Lettres.

En 1900, elle abandonne la rue de l'Arcade pour les Champs-Élysées où elle s'installe au coin de l'actuelle rue

Arsène-Houssaye. Elle y tient le salon littéraire le plus coté et le plus influent. Toutes les nominations à l'Académie française et de nombreuses distinctions honorifiques passent par les mains de celle qui est demeurée la Madone aux violettes, violettes qui emplissent ses salons par vasques entières. Amie discrète et précieuse, Mme de Loynes sera à l'origine de toutes les gloires littéraires de la Troisième République pendant une trentaine d'années.

Quand elle s'éteint, le 15 janvier 1908, il ne viendra à l'esprit de personne d'évoquer la silhouette frileuse et fragile d'une petite rinceuse de bouteilles à qui, un jour, une amie a fait cadeau d'un louis de vingt francs...

LA GUIMARD

Une mère abusive..

Un soir du mois de novembre 1760 une mansarde sous les toits de la rue Neuve-Saint-Gilles abrite deux jeunes gens qui, installés dans le même lit, oublient totalement qu'il fait froid, qu'il pleut et même qu'il existe un monde en dehors de leur amour. Elle a dix-sept ans, lui dix-neuf et il leur est bien égal que leur chambre soit sans feu tant ils s'aiment. Elle est brune et ravissante, il est blond et joli garçon. Elle se nomme Marie-Madeleine Bernard, il s'appelle Francis Léger et tous deux sont danseurs à la Comédie-Française qui vient de voir naître leur amour...

Pendant ce temps, une scène d'un tout autre genre se joue chez le lieutenant de police, M. de Sartines, où une femme entre deux âges pleure comme une fontaine sans paraître s'apercevoir de la mine dégoûtée de son interlocuteur. C'est que Marie-Anne Bernard, qui vient déposer une plainte contre le sieur Léger pour « rapt et séquestration » fait partie de ces mères bizarres, comme il s'en trouve quelques-unes dans les milieux du théâtre et qui, nanties d'une jolie fille, entendent en tirer tout le parti possible. Il était d'ailleurs de bon ton, chez les hommes riches et plutôt âgés de payer l'entretien, voire l'éducation de la belle enfant afin de s'en réserver les faveurs une fois la fleur épanouie. Sartines jetterait la femme Bernard à la porte sans le moindre ménagement si elle n'avait obtenu une recommandation du fermier général Beaujon pour ne pas avoir à mettre en cause M. de l'Épinay qui subvient habituellement aux besoins de la mère et surtout de sa fille.

Mais Sartines sait tout cela et il se hâte de renvoyer la pleureuse en l'assurant qu'il retrouvera la fugitive. Ensuite, il appelle son meilleur limier, un certain Marais qui sait d'ailleurs déjà où se cachent les tourtereaux et, le lendemain à l'aube, il débarque dans leur nid d'amour. Sans éclats d'ailleurs. Ces deux petits l'attendrissent plutôt et c'est paternellement qu'il conseille à la jeune furie drapée dans une couverture de rejoindre le logis maternel.

Il va avoir du mal. Marie-Madeleine clame qu'elle déteste sa mère et encore plus ce M. de l'Épinay avec lequel on voulait qu'elle aille souper après le théâtre. En outre, elle aime son jeune amoureux. Alors, Marais va discuter pendant de longues minutes jusqu'à ce qu'il trouve le trait de génie : veulent-ils vraiment renoncer au théâtre qui les réclame ?

Tout est vite réglé alors et Marais ramène la récalcitrante au logis maternel où le retour est plutôt orageux mais, devant la détermination de sa fille, Marie-Anne Bernard change de ton : elle « doit » payer ses dettes envers ses protecteurs. De plus, elle doit savoir aussi qu'une danseuse, si elle veut être célèbre, est richement entretenue. Marie-Madeleine serait bien sotte de renoncer à porter bijoux et toilettes pour un garçon sans le sou... qu'elle pourra d'ailleurs voir en cachette.

Cela clôt le débat mais la jeune femme a décidé de prendre elle-même son destin en main. Pour ce faire, elle conclue elle-même un accord avec un troisième larron, le financier Bertin puis s'en va consoler son petit amoureux qui finit lui aussi par se résigner. Mais, au cours des débats avec Marais, la danseuse a appris un curieux détail la concernant : elle se croyait la fille d'un honnête commerçant, mort depuis longtemps et nommé Bernard. Or, ce Bernard vit toujours, pour la plus grande gloire de la

Marine royale, puisqu'il rame sur une de ses galères sans espoir de changer jamais d'emploi. Colère de Marie-Madeleine : comment sa mère a-t-elle pu ?

Fidèle à ses principes, celle-ci commence par pleurer et s'évanouir puis avoue : Bernard est bien son mari mais il n'est pas le père de sa fille. Le vrai est un homme marié. Il est inspecteur des toiles de la manufacture de Voiron et se nomme Fabien Guimard. Veuf à présent et retiré des affaires, sans enfants d'ailleurs, il vit à Paris, rue de Bourbon. La jeune danseuse décide incontinent d'aller le voir. Ce qu'elle veut, c'est pouvoir se servir de son patronyme. La Guimard, pense-t-elle, cela sonne tout de même mieux que la Bernard. D'ailleurs, elle ne veut plus de ce nom déshonoré.

Le bon Guimard accueille avec joie cette fille ravissante qui lui tombe du ciel :

– Prenez mon nom, ma chère, lui dit-il et faites-en bon usage. Quand nous nous connaîtrons mieux je vous le donnerai peut-être officiellement. Mais, par pitié, ne me demandez pas de revoir votre mère !

Cinq ans plus tard, il tenait parole. Il faut dire que la Guimard était déjà célèbre. Elle a quitté la Comédie-Française pour l'Opéra où son talent s'est imposé avec éclat car elle était véritablement douée. Ses amours avec François Léger venaient de s'éteindre tristement. Le jeune homme à qui elle avait juré de ne jamais le quitter se crut trop sûr de lui et se permit quelques infidélités. Le jour où elle l'apprit, la danseuse rompit tout net avec lui, la mort dans l'âme. Elle opta pour une tout autre politique.

– Il faut prendre les hommes pour ce qu'ils sont, disait-elle volontiers. En tirer le maximum et ne rien demander de plus.

Dès lors, elle collectionna les amants et en obtint beaucoup. Il y eut le comte Boutourline, le comte de Rochefort, le comte de La Borde qu'elle aima bien et à qui elle donna une petite fille. Néanmoins, elle se sentait insatisfaite aussi bien dans son cœur que dans son orgueil car elle se voulait la reine de Paris et, pour ce titre-là, il lui fallait prendre dans ses filets, sinon le Roi, au moins un prince et qui plus est très riche. Cet oiseau rare apparut quand, après la création du ballet *Galatée*, la Guimard reçut le joli titre de Danseuse du Roi. Il se nommait Charles de Rohan, prince de Soubise, maréchal de France et il était l'un des deux ou trois hommes les plus riches du royaume. Il entama les hostilités en adressant à la danseuse une énorme gerbe de fleurs et un fabuleux bracelet de diamants. C'est alors qu'elle choisit de lui tenir tête.

Moins par rouerie féminine d'ailleurs qu'à cause d'un visiteur qu'elle n'attendait plus : l'amour. Il venait de se manifester sous les aspects infiniment séduisants de Jean-Baptiste Despréaux, danseur lui aussi, de deux ans plus jeune que Marie-Madeleine mais follement amoureux d'elle. Le prince de Soubise risquait d'attendre longtemps en dépit des bruyantes lamentations de Mme Bernard toujours dans la coulisse. Et puis, vint le soir tragique.

C'est le 11 janvier 1766 et la première représentation d'un nouveau ballet : *Les Fêtes de l'Hymen et de l'Amour*. La salle, comble, est suspendue aux évolutions d'un couple éblouissant tout en satin et plumes blanches. Et soudain, dans un énorme cri d'horreur, un décor s'abat sur les deux danseurs. On se précipite. On redresse le décor mais Despréaux, lui, ne se relève point : il a perdu connaissance. La Guimard tente de l'aider mais son bras cassé retombe avec un gémissement.

Dans la salle Guérin, le chirurgien des mousquetaires accourt. Il diagnostique une fracture de l'humérus avant que l'on emporte Despréaux inanimé. Guérin veut faire porter la danseuse dans sa loge mais elle refuse de quitter la scène : la douloureuse opération se fera sur place et sans même lui arracher un cri. Bien mieux : une fois bandée elle a même la crânerie de se relever et de saluer un public survolté qui l'acclame follement et c'est seulement revenue à l'abri des coulisses qu'elle s'accorde le droit de s'évanouir. Oh, pas bien longtemps ; tout juste quelques minutes et, à peine revenue à elle, Marie-Madeleine veut courir chez Despréaux mais elle n'est pas assez solide et c'est sa mère qui va aller « prendre des nouvelles ».

Le moins que l'on puisse dire est qu'elles ne sont pas bonnes. Avec une fracture de la hanche, le malheureux garçon doit dire adieu à la danse. Et la dame Bernard réfléchit : si sa fille apprend la vérité, elle va s'attacher plus que jamais à ce jeune homme, vouloir l'aider, le prendre à sa charge et cela, cette mère au dur sens pratique ne le veut pour rien au monde. Alors ce qu'elle dit est simple : tout va bien. Despréaux n'est que légèrement blessé et, surtout, il y a près de lui, une jeune et jolie fille qui pleure et jure de se dévouer à jamais pour lui...

Elle pourrait discourir ainsi longtemps. La Guimard n'écoute plus. Dans l'ombre rose des rideaux de soie qui abritent son lit, elle garde un silence lourd de douleur tandis que de grosses larmes roulent lentement sur ses joues.

Le lendemain, elle reçoit la visite du prince de Soubise, un mois plus tard, elle devient sa maîtresse.

Fragonard ou les folies de l'amour

Depuis l'accident de l'Opéra, deux années se sont écoulées. Grâce au prince de Soubise, éperdument amoureux et follement généreux, la Guimard est véritablement devenue la reine de Paris. Elle a tout : toilettes, bijoux, équipages et une merveilleuse maison à Pantin pourvue d'un grand parc et d'un théâtre privé. Elle a aussi le talent, une sorte de génie de la danse qui fait un miracle de chacune de ses apparitions. Elle a aussi... le plaisir car d'amour il ne saurait être question pour elle.

Or, un matin de 1768, comme elle arrive à la répétition, elle voit soudain venir à elle, un violon sous le bras, un jeune homme élégant dans un simple habit de soie grise. Mais, à mesure qu'il approche le sourire s'efface de son visage. Ce jeune homme c'est Despréaux, celui qu'elle a tant aimé et à qui elle voulait tout sacrifier. Son sourire, alors, se teinte de sarcasme : comment ? c'est lui ? Ne disait-on pas qu'il avait définitivement renoncé au théâtre ?

Il répond sur le même ton. Sa blessure l'a obligé à abandonner la danse mais au théâtre, si sa convalescence a été longue, on ne l'a pas oublié pour autant. Il vient d'obtenir le poste de premier violon et il aura désormais la joie de la faire danser...

Déjà il s'éloigne, distant, glacé mais quelque chose pousse la danseuse à le retenir. Une question, une seule mais qui lui brûle les lèvres depuis deux ans : est-ce que sa jolie cousine qui lui a si bien rendu le goût de la vie ?

Une cousine ? Il n'a jamais eu de cousine... Alors une amie, une fiancée ! Il fallait bien qu'elle soit quelque chose cette fille qui pleurait à son chevet au soir de l'accident ? Mais Despréaux a compris :

– Avec tout le respect que je lui dois, Mademoiselle, votre mère a menti. Mon père et ma mère seuls étaient à mon chevet.

– Menti ?... Pourquoi l'aurait-elle fait ?

Sans un mot, Despréaux conduit la Guimard devant l'une des hautes glaces du vestibule. La réponse est là, tout entière car la danseuse s'y voit éblouissante, mieux parée qu'une princesse, étincelante de tout ce luxe dont Soubise l'entoure. Alors elle comprend pourquoi sa mère a inventé cette histoire et une vague de bonheur l'envahit. Elle tourne le dos à la glace : il faut qu'ils parlent tous les deux... mais il n'y a plus personne. Despréaux a disparu à sa grande colère car, cet entretien, il le lui faut !... Elle l'attendra longtemps...

Dans sa loge, elle trouve le prince de Soubise en compagnie d'un homme jeune, pas très grand mais d'aspect vigoureux et qui porte hardiment une physionomie intelligente et joyeuse, des cheveux noirs sans poudre et des yeux sombres qui scintillent. Il s'appelle Jean-Honoré Fragonard, il est l'élève de Boucher et revient de Rome avec beaucoup d'idées charmantes. Il sera le décorateur idéal pour le bel hôtel que le prince fait construire pour son amie à la Chaussée d'Antin. L'architecte Ledoux, en recevant la commande, a aussi eu l'ordre de ne rien épargner pour en faire une merveille d'élégance et de goût.

La danseuse éclate de rire. La demeure n'est même pas sortie de terre. Qu'a-t-elle à faire d'un décorateur ? Mais

Soubise a réponse à tout : la maison d'une étoile ne peut s'ordonner qu'autour de son portrait. C'est par là que Fragonard commencera. Et, le lendemain, la danseuse se rend au Louvre où le peintre vit avec femme et enfants dans le plus joyeux des désordres.

Les séances de pose se succèdent alors sans que le portrait avance et cela pour la meilleure des raisons : le peintre et la danseuse sont tombés amoureux l'un de l'autre et pensent à tout autre chose qu'à la peinture... Ce seront les amours les plus folles, les plus tumultueuses du monde. Malgré son tempérament volage « Frago » s'est pris de passion pour son modèle et la Guimard a trouvé en lui l'amant idéal : il dévore la vie à belles dents et ne cesse de crayonner de petits dessins de sa maîtresse. Il ne voit qu'elle. Il en est fou.

Néanmoins, comme ils se ressemblent trop, les scènes sont fréquentes. Fragonard compte autant de succès féminins que la Guimard moissonne de cœur. Parfois, celle-ci, par-dessus les quinquets de la rampe, croise le regard de Despréaux devenu maître de ballet mais elle n'imagine pas qu'il pût y subsister la moindre trace de l'ancienne flamme.

Quand vient le printemps de 1772, le fameux hôtel est enfin achevé et livré aux décorateurs, Fragonard y met ses meilleurs élèves. Or, parmi eux, la danseuse remarque un jeune homme mince et brun au regard tragique, à la mine sombre, chargé d'un travail plutôt obscur : peindre une infinité de rinceaux et d'arabesques sur les murs de la maison. Alors, un matin où la danseuse fait le tour du chantier, elle s'approche de ce garçon qui, la mine plus lugubre que jamais, exécute de charmantes volutes vertes. Croyant lui faire plaisir, elle le complimente et voilà que, jetant ses pinceaux à terre, il se met à les piétiner avec fureur : ce travail est indigne de lui, Louis David, qui a tellement plus de talent que Fragonard ! Seulement celui-ci le tient dans des ouvrages subalternes par peur d'être éclipsé par un trop grand génie !

Cette sortie amuse la Guimard. Elle invite le révolté à souper et s'offre même le plaisir de lui démontrer qu'il peut plaire à une femme raffinée. Ils s'entendent si bien qu'elle accorde une pension mensuelle de deux cents livres au jeune David ce qui lui permet de quitter l'atelier de Fragonard et de préparer le prix de Rome qu'il obtiendra d'ailleurs deux ans plus tard.

Hélas, le malheur veut que « Frago » apprenne son infortune la veille même du jour où la danseuse doit faire visiter sa maison au prince de Soubise et à ses amis. Avec quelque vanité, elle l'a baptisée « Le Temple de Terpsichore »... Or, si le prince est assez grand seigneur pour ignorer les nombreuses infidélités de sa maîtresse, Fragonard n'en est pas encore là et, décidant de donner à celle-ci la leçon qu'elle mérite, il revient, à la nuit close dans l'hôtel encore désert. Le concierge, bien sûr, le laisse passer : il le connaît si bien.

Le lendemain, entourés d'une foule élégante et joyeuse, le prince et la danseuse franchissent le seuil de la nouvelle demeure. Des exclamations admiratives, un peu envieuses, les portent en avant. Et l'on arrive au grand salon que domine le portrait de la Guimard. Et là, c'est le silence, un silence que trouble soudain un cri d'horreur : là, dans le grand cadre doré, à la place de l'adorable déesse de la danse, une Gorgone couronnée de serpents grimace, brandissant d'une main un flambeau et de l'autre un poignard ensanglanté. Le tout dans un style qui rappelle assez celui de David...

Une pulsion de colère emporte la danseuse. Saisissant une statuette sur un meuble elle va la jeter contre la toile quand une main qu'elle n'avait pas vue retient son bras : celle de Despréaux. Et le langage qu'il tient est celui de la sagesse. Qu'a-t-elle pu faire au peintre pour qu'il se venge de si horrible façon ? Et comme elle ne répond pas, il ajoute que la seule attitude convenable est le rire. Et la Guimard écoute son conseil : elle rit plus fort que tout le monde... Fragonard, un peu penaud devant la colère de Soubise, remettra le tableau en l'état mais le temps des amours est terminé.

Pendant dix ans encore la Guimard va régner sur Paris et, pendant dix ans, Jean-Étienne Despréaux va veiller discrètement sur elle sans jamais lui parler d'amour mais il sera là quand, en 1779, elle perd son unique enfant, quand en 1782, la fortune du prince de Soubise est engloutie en grande partie dans la banqueroute de son gendre le prince de Guéménée. Grand seigneur, Soubise rend sa liberté à la danseuse en lui laissant tout ce qu'il lui a donné et elle ne le remplacera pas. Un an après, c'est pire encore car la Guimard pense mourir de la variole. Elle n'en sera pas marquée mais son moral est atteint. De plus, elle a des dettes : il faut réduire le train de vie mais, au lieu de vendre le fabuleux hôtel, la Guimard a un dernier geste de reine : elle l'offre en loterie à l'issue de la dernière fête qu'elle y donne, le 22 mai 1785. C'est la comtesse du Lau, la bien-nommée qui gagne.

Aussitôt après, la danseuse part pour Londres, y connaît encore quelques triomphes mais elle regrette Paris qu'elle a toujours tant aimé et elle y revient, un peu triste, un peu inquiète de la solitude qui s'annonce. C'est alors que le destin lui offre son plus précieux cadeau : Despréaux est toujours là. Il l'aime. Il veut l'épouser si elle accepte un inspecteur des théâtres de la Cour doublé d'un professeur au Conservatoire... Mais ce qu'il offre c'est surtout un grand, un pur amour et, un mois après la prise de la Bastille, le curé de Sainte-Marie-du-Temple bénit une union qui ne cessera jamais d'être heureuse.

– La Guimard est morte. Vive Mme Despréaux ! dit tendrement la danseuse en embrassant son époux à la sortie de l'église...

Ce fut le début d'une nouvelle vie. La Révolution était là. Le faste n'était plus. Le couple s'installa dans un petit appartement de la rue Menars pour y vivre une existence souvent difficile mais pleine d'amour grâce à laquelle on traversa la tourmente mais aussi l'Empire. On vieillissait doucement en recevant seulement quelques vieux amis pour lesquels on organisait des spectacles touchants : dans un coin de l'appartement, il y avait une petite scène dont le rideau se relevait juste assez pour laisser voir les jambes, toujours alertes, exécutant les pas gracieux des anciens ballets.

Et puis un matin, la Guimard ne se leva pas. La fin était là. Trois jours de maladie et l'ancienne étoile s'éteignait dans les bras de son mari : c'était le 4 mars 1816, elle avait soixante-treize ans...

Despréaux ne lui survécut que quelques mois, incapable de vivre sans celle qui, jusqu'au bout, avait illuminé sa vie.

Une reine de la mode

ROSE BERTIN

La passion des chiffons

Cet hiver 1759 était affreux et la vie de bohème en souffrait visiblement. Il y avait plus d'un mois que les rues d'Abbeville gardaient un tapis de neige sous lequel se cachaient de sournoises et meurtrières plaques de verglas. Les gouttières prolongées de stalactites ressemblaient à des loques brillantes et chaque matin, dans les quartiers misérables, on ramassait des corps gelés.

Bien sûr, chez les Bertin on n'était pas riche, loin de là : le père n'était qu'un modeste cavalier de la maréchaussée et la mère était garde-malade. Néanmoins, avec leurs trois enfants, ils arrivaient à manger à leur faim. Aussi la détresse de cette vieille femme aux doigts bleuis, rencontrée dans la rue, émut-elle la jeune Marie-Jeanne et, en revenant de chercher le pain de la famille, elle lui en tendit spontanément un morceau.

Surprise, la femme la regarda et vit qu'elle était charmante : quinze ans peut-être ; un visage rond, rose et frais de fille du Nord, d'épais cheveux blond cendré et de jolis yeux bleus. Elle était mise bien simplement pourtant mais sa robe de laine bleue n'en était pas moins pleine de goût et d'élégance naturelle. La vieille prit le pain encore chaud et la main de Marie-Jeanne en même temps en lui disant qu'elle pouvait lui prédire son avenir. C'était un remerciement naturel pour une femme de sa sorte néanmoins ce qu'elle vit lui inspira autre chose que les habituelles promesses de bonheur, d'amour et d'enfants aussi nombreux que bien faits :

– Toi, ma petite, lui dit-elle, non seulement tu auras beaucoup d'argent mais tu iras à la Cour et l'on te portera la queue de ta robe.

Les yeux de l'adolescente s'arrondirent. La Cour ? De l'argent ? Elle ouvrait la bouche pour poser d'autres questions mais déjà la femme s'éloignait dans la rue enneigée, serrant contre elle le pain que l'on venait de lui donner. Néanmoins, à quelque distance, elle se retourna :

– N'oublie pas ! La Cour !

Marie-Jeanne avait beau savoir qu'il ne fallait pas attacher de l'importance aux paroles des femmes de Bohême qui sont toujours inspirées peu ou prou par le Malin, elle n'en dormit tout de même pas de toute la nuit. Et pas beaucoup des nuits suivantes mais, comme elle était une fille sage et pourvue d'un certain bon sens, elle employa ses insomnies à chercher les moyens de réaliser ce que l'on venait de lui promettre.

La première chose, bien sûr, c'était de gagner un peu d'argent et de le gagner honnêtement car elle n'était pas de celles qui souhaitent faire commerce de leurs charmes et se faire payer pour leurs faveurs. Et puis, elle avait le goût du travail à condition que ce travail fût lié aux chiffons pour lesquels elle éprouvait une véritable passion. Ainsi, le dimanche à la messe, elle examinait toujours d'un œil critique les toilettes des élégantes abbevilloises trouvant d'ailleurs chaque fois quelque chose à reprendre car, en général, ces femmes-là ne savaient pas s'habiller. Pour Marie-Jeanne, en effet, s'habiller c'était avant tout se mettre en valeur.

Il y avait aussi cette affaire de Cour qui la tourmentait. Comment y être reçue sans habiter dans le voisinage ? Or, la Cour c'était Versailles et Versailles était près de Paris. Conclusion, il fallait aller travailler à Paris. Et pour cela convaincre ses parents.

Ce fut avec beaucoup de timidité d'abord qu'elle leur fit part de son projet qui consistait à entrer en apprentissage chez une marchande de modes de la capitale. L'idée leur parut d'abord folle et irréalisable mais plusieurs malades de la mère Bertin lui ayant laissé entendre que sa petite avait de l'or dans les mains, elle commença à envisager la chose de façon plus favorable. Surtout lorsque l'une d'elles proposa de l'envoyer, à ses frais, chez la célèbre Mlle Pagelle, à l'enseigne du Trait galant. Les hésitations s'envolèrent et Marie-Jeanne s'embarqua sur la première patache en partance pour la capitale avec un bagage fort mince mais un espoir immense.

Mlle Pagelle était alors la bonne faiseuse en vogue. Entendez par là qu'elle habillait Versailles et Paris d'atours riches, précieux, somptueux parfois mais qui, selon la nouvelle apprentie, manquaient singulièrement de fantaisie. Néanmoins, Marie-Jeanne se sentait parfaitement à son aise dans l'élégante boutique du quartier Saint-Honoré où l'on rencontrait tout le beau monde. Elle s'y sentait dans son élément au milieu des satins, des plumes, des rubans, des broderies et des mille et un colifichets qui, de tout temps, ont fait la joie des jolies femmes et même des autres.

Elle débute d'abord comme trottin, véhiculant à longueur de journée les longs cartons de livraison renfermant des toilettes précieuses. Cela lui permet d'apprendre les beaux quartiers et de ne pas confondre l'hôtel de Choiseul avec celui de Richelieu. Ensuite, elle entre à l'atelier. On la met aux interminables finitions, ourlets et autres bordures. Compte tenu de la dimension des robes, c'est un travail fastidieux, éreintant mais elle l'accomplit sans se plaindre. Elle sait bien que c'est l'a b c d'un métier qu'elle adore et dans lequel elle se veut la meilleure quand le temps en sera venu. Et peu à peu, comme elle s'entend comme personne à bouillonner le tulle, à coudre les dentelles et à piquer des fleurs un peu partout, elle monte en grade : Mlle Pagelle en vient à lui confier des travaux plus délicats.

Bientôt la clientèle chez qui elle livre fait sa connaissance. De grandes dames comme la princesse de Conti et la duchesse de Chartres, belle-fille du duc d'Orléans, s'intéressent à elle et la prennent sous leur protection. Les années passent au bout desquelles la petite Abbevilloise en vient à posséder son métier comme personne. Grâce aux deux princesses, elle peut même quitter Mlle Pagelle et s'installer à son propre compte dans un petit magasin de la rue Saint-Honoré qu'elle baptise Au Grand Mogol. Entre-temps, elle trouve que son prénom de Marie-Jeanne sent par trop sa province et le change pour celui de Rose plus au goût du jour ce qui, d'ailleurs, convient bien à sa blonde fraîcheur.

Néanmoins, peut-être Rose Bertin eût-elle mis un certain temps à évincer son ancienne patronne et à gravir les échelons du succès si un petit événement à la fois frivole et mondain, un de ces potins comme Paris les a toujours aimés n'était venu la mettre en pleine lumière : le duc de Chartres, grand amateur de jolies filles et qui n'avait pas été sans remarquer celle-là, s'intéressa à elle de beaucoup plus près.

Sans être tout à fait aussi coureur que l'avait été son aïeul le Régent, le futur Philippe-Égalité ne cessait de chercher des nouveautés et n'aimait guère rencontrer des cruelles. D'ailleurs, la vertu des filles, il n'y croyait pas. Aussi, rencontrant sans cesse sur son chemin cette Rose si appétissante, il entreprit de lui faire une cour en règle : entendez par là cette approche galante qu'un prince du sang pouvait se permettre vis-à-vis d'une jolie modiste : quelques compliments négligents, un menton pincé au hasard d'un couloir, une invite à peine voilée, un corsage que l'on caresse d'un doigt léger et enfin un petit billet glissé dans le même corsage.

Imperturbablement souriante, Rose se montrait fort gracieuse envers Monseigneur... mais finissait toujours par tirer sa révérence et s'esquivait d'un pied léger dès que le prince prétendait mettre la conversation sur un plan plus intime.

Ce n'était pas que Philippe lui déplût, on peut même assurer qu'il aurait pu lui plaire si Rose ne s'était juré de n'arriver jamais que par son seul talent. De même, elle avait décrété un jour, non sans sagesse, qu'il lui faudrait choisir entre son métier et le mariage et comme, si l'on ne veut pas se retrouver mariée, il vaut mieux éviter l'amour, Rose avec une fermeté quasi romaine entreprit de chasser l'amour de sa vie : même celui d'un prince.

À ce jeu irritant, le duc se pique. Le fait qu'il essuie un échec donne du prix à cette conquête qu'il espérait plus facile. Alors, il braque sur Rose tout l'arsenal de la tentation féminine, lui fait porter des parures, va jusqu'aux perles et aux diamants... mais sans aucun résultat.

« Je viens de travailler avec la Reine... »

Le duc de Chartres ne se tient pas pour battu. Cette petite Rose l'agace. Il lui offre des chevaux, des voitures, un hôtel particulier, une maison des champs, bref tout le grand jeu... que Rose refuse sans perdre un instant son sourire. Philippe alors se fâche car il en est souvent ainsi des princes qui n'aiment guère se voir traités en simples mortels. Quelques bonnes âmes suggèrent même à l'entêtée qu'il pourrait être dangereux de tenir tête à si puissant personnage et qu'un prince peut, en quelques mots, détruire une clientèle naissante. Et cette fois Rose s'inquiète. Puis, comme peu après l'indiscrétion d'un valet lui apprend que l'on songe à la faire enlever, elle prend vraiment peur. Elle n'est rien en face d'un si haut seigneur ! En fait, elle ne sait plus à quel saint se vouer quand le destin lui offre une rencontre véritablement providentielle qu'elle aura l'audace et l'esprit de saisir au vol.

Un jour de l'été 1774, alors qu'elle se trouve chez l'une de ses bonnes clientes, la comtesse d'Usson, pour y débattre de toilettes de cérémonie destinées à un mariage, un valet entre et annonce le duc de Chartres.

Avec une exclamation de surprise, Mme d'Usson se précipite pour offrir au prince la révérence rituelle oubliant la présence de Rose. D'abord fort ennuyée, celle-ci reprend vite ses esprits et, au lieu de sortir, va tranquillement s'asseoir près de la cheminée.

Cette attitude scandalise la duchesse qui demande à la jeune fille de disparaître mais celle-ci n'en fait rien et comme sa cliente s'indigne, elle déclare calmement qu'elle ne doit aucun respect à un prince qui s'est comporté avec elle de façon odieuse : il lui a offert tout ce qui pouvait tenter une pauvre fille mais comme elle refusait ses avances, il l'a menacée : d'abord de l'empêcher de travailler puis de l'enlever purement et simplement. Comme le prince vexé lui fait remarquer qu'elle oublie à qui elle s'adresse, Rose se lève enfin et plonge dans une irréprochable révérence :

– Que Monseigneur n'oublie pas lui-même son rang et je me souviendrai toujours de l'extrême distance qui existe entre lui et moi...

Puis sans se retourner, elle quitte l'hôtel d'Usson. Naturellement dès le lendemain l'histoire fait le tour de Paris et atteint Versailles. Quelques jours plus tard, la nouvelle reine de France, Marie-Antoinette – Louis XV vient de mourir – fait appeler Rose Bertin pour se faire montrer ses dernières créations.

Cette attitude qui pourrait paraître bizarre s'explique assez bien lorsque l'on sait que la Reine déteste le duc de Chartres : la crânerie de Rose lui a plu. Ce que la jeune modiste va lui montrer lui plaît encore davantage. En présence d'une jeune femme aussi belle, Rose va donner toute la mesure de son talent en faisant confectionner en un temps record quelques robes de rêve. Dès lors, les deux femmes seront inséparables car Rose est nommée modiste de la Reine.

Presque chaque jour, à Versailles ou à Trianon, on voit arriver la voiture de Mlle Bertin, débordante de cartons d'où elle sort des choses ravissantes. Rose passe chez la Reine en priorité, laissant les duchesses attendre. En général, elle reste une heure avec la souveraine et ressort ensuite, l'air plus important que jamais pour regagner Paris à bride abattue. Elle rentre alors dans son Grand Mogol devenu en un rien de temps la première, la seule maison de Paris où les élégantes s'entassent patiemment en attendant leur tour de s'entretenir avec « Mademoiselle ».

Il n'est pas rare alors d'entendre la grande modiste lancer à la cantonade tout en traversant son magasin en coup de vent :

– Je viens de travailler avec la Reine !

Une respectueuse rumeur emplit alors la maison et Rose, l'air absorbé, consent enfin à recevoir dans son salon privé la première cliente. Avec elle, ce sera le triomphe des linons légers, des mousselines tendres, des taffetas changeants, des plumes immenses, des fleurs de tulle et de soie et des gigantesques paniers si difficiles à faire entrer dans un carrosse.

La clientèle s'accroissant chaque jour, Rose d'accord avec la Reine décide de ne se rendre à Versailles que deux jours par semaine mais on lui accorde une audience à faire rêver un ambassadeur et c'est alors qu'elle se rend à l'un de ces rendez-vous enviés que la prédiction de la bohémienne se réalise ; lorsqu'elle arrive à Trianon, Mlle Bertin se voit offrir le bras par le duc de Duras tandis qu'un petit page noir se précipite pour porter la courte traîne de la modiste afin qu'elle ne se mouille pas dans l'herbe du jardin.

L'imagination de Rose Bertin se donnant libre cours, la Reine peut avoir chaque jour une nouvelle robe ou une nouvelle coiffure. Ce sera le temps des poufs « au Sentiment », à l'« Inoculation », à la « Belle Poule », au « Janot », à la « Cagliostro », des polonaises à la « Poulette », à l'« Héroïsme d'Amour », des bonnets aux « Soupirs étouffés » à « l'Esclavage brisé », aux « Relevailles » (celles de la Reine) aux « Plaintes amères », à la « Bonne Maman », etc. Ce fut aussi le temps des coiffures à la « Quès Aco » sommées de plumes si longues que pour les porter, les élégantes ne pouvaient se tenir qu'à genoux dans leurs carrosses. Une folie de colifichets, une tempête de fanfreluches et d'idées folles soufflèrent sur les têtes féminines car, naturellement, toutes les femmes rêvaient de copier la Reine et cela leur coûtait fort cher.

Imperturbable, Rose continuait à accumuler sur la tête de ses clientes fleurs, légumes, bateaux, tout ce que l'actualité lui inspirait plus, bien entendu les plumes, toujours les plumes, encore plus de plumes au point que l'impératrice Marie-Thérèse, soupirant sur les folies de sa fille, l'appelle dans une lettre « la tête emplumée ».

Marie-Antoinette aime beaucoup sa modiste et lui réserve toujours le plus charmant accueil, d'où des jalousies que la vanité de Rose ne fait d'ailleurs rien pour adoucir. Elle règne, un point c'est tout et c'est ainsi que Marie-Antoinette devra s'entremettre personnellement pour que Mlle Bertin consente à travailler pour la princesse de Lamballe qu'elle n'aime pas.

Bientôt, elle habille presque toute l'Europe. Chaque saison, des poupées revêtues de ses dernières créations partent pour la Russie, le Portugal, l'Angleterre. Elle prépare le trousseau de l'infante de Portugal, habille la duchesse de Marlborough, des princesses espagnoles, la princesse de Wurtemberg, la Cour de Suède, celle de Savoie et bien d'autres. Elle finira par arracher à Mlle Pagelle sa dernière cliente : la comtesse Du Barry toujours ravissante.

Tout cela bien sûr représente beaucoup d'argent mais Rose devient moins riche qu'on pourrait le croire car ses clientes ne sont pas toutes bonnes payeuses et la Reine elle-même fait un peu traîner ses factures. Néanmoins, Rose s'offre une belle propriété à Épinay, une maison rue du Mail et transporte le Grand Mogol devenu trop petit rue de Richelieu... en avril 1789.

Hélas, le 14 juillet n'est pas loin et bientôt les belles clientes prennent le chemin de l'émigration en oubliant bien sûr de payer leurs dernières notes. Néanmoins, Rose Bertin reste fidèle à sa Reine avec un beau courage. Quand elle est prisonnière, c'est elle qui continue à la fournir mais il n'est plus question de luxe. Le dernier bonnet livré en mars 1793 sera celui que Marie-Antoinette portera pour marcher à l'échafaud... Aucun fournisseur, jamais, n'aura eu ce geste royal : quand le danger est venu rôder autour de la Reine, Rose Bertin a entassé ses factures dans sa cheminée et y a mis le feu afin que l'on ne puisse trouver chez elle d'autres motifs d'accusation. Mais après la mort de la Reine, Rose enfin s'éloigne.

Quand elle revient en 1795 et se fait rayer des listes d'émigration, elle n'a plus guère d'argent et aimerait rouvrir sa maison mais, avec la nouvelle mode gréco-romaine, Mlle Bertin fait un peu figure de vieille lune.

Elle le comprend, ne s'obstine pas et, quittant définitivement Paris, elle s'installe dans son domaine d'Épinay où, entourée de ses neveux et des quelques amis fidèles que son cœur généreux a su lui donner, elle regarde se dérouler sous ses yeux la grande aventure de l'Empire. Lorsqu'elle meurt, le 22 septembre 1813, c'est Leroy qui règne sur la mode...

On l'appelait : « Imperia »

LUCREZIA COGNATI

Un diamant brut..

Au cours de la dernière année du XVe siècle, on ne parle, à Rome, que de la mystérieuse maîtresse du vieux Paolo Trotta que ce Crésus cache jalousement. Ce qu'on en sait est peu de chose : elle s'appelle Lucrezia Cognati, elle vient du Borgo Nuovo où sa mère, la Dianora, exerce toujours le métier de courtisane. Son père, un amant de passage, était un Grec dont la mère prétendait qu'il était prince mais dont elle ne connaissait qu'un nom : Pâris. Il est vrai qu'avec un nom pareil... Mais au Borgo Nuovo, personne ne voyait jamais Lucrezia, cachée dans l'espoir de trouver le riche amateur de chair fraîche. Ce fut Trotta qui, en échange d'une grosse somme, emmena la petite chez lui où elle vit depuis gardée par des serviteurs muets achetés au marché aux esclaves de Venise.

Rome grille de curiosité et plus que tout autre le pape Alexandre VI. Pour ce Borgia amateur de femmes qui remplit le Vatican de ses enfants naturels, ce genre de mystère est prodigieusement excitant. Aussi le Saint-Père, intrigué par la merveille cachée décide-t-il d'en inviter le protecteur à un petit souper intime dans le but d'en savoir un peu plus. Si cette Lucrezia (il aime ce nom-là qui est celui de sa fille) était aussi belle qu'on le prétend ?

Connaissant son hôte, le vieil homme pourrait s'efforcer d'en minimiser l'écho mais il emploie une autre tactique. En effet, on n'est jamais certain de sortir vivant d'un souper chez le Pape et celui-ci pourrait fort bien se débarrasser de lui pour envoyer ensuite chercher la jeune femme. Alors il rayonne de satisfaction. Il exulte : sa trouvaille est cent fois, mille fois plus belle que tout ce que l'on peut imaginer mais s'il la cache c'est parce qu'elle n'est pas encore prête à tenir la place à laquelle il la destine. C'est un diamant brut qui, une fois poli et taillé, illuminera la nuit romaine. Lucrezia est encore gauche, ignarde presque fruste, indigne en tout cas d'être présentée à un prince aussi raffiné que le Pape. Pour l'instant, on lui apprend les arts, la danse, le chant, l'art de s'habiller... et de se déshabiller. Encore quelques mois et, Trotta en fait le serment, il viendra lui-même la conduire au pied du trône pontifical...

Tout ce qu'il veut, au fond, c'est gagner du temps et ce temps, Alexandre VI le lui accorde benoîtement. Quelques mois... mais pas plus ! Or, Dieu, lui, ne les lui accorde pas et peu de temps après, le vieil homme meurt subitement dans les bras de Lucrezia, laissant à son neveu une grande fortune, des terres, un palais... et sa belle maîtresse ! Lorsque le jeune Trotta vient prendre possession de tout cela, il est subjugué par cette créature véritablement hors du commun. Lucrezia est plus que belle. Son corps digne du ciseau de Praxitèle présente un visage aux traits infiniment purs couronné d'une invraisemblable chevelure d'or qui, dénouée, l'enveloppe tout entière; son teint est d'ivoire rosé et ses yeux immenses ont la couleur des plus belles aigues-marines. En outre, on lui a donné une éducation digne d'une princesse.

Gian-Paolo Trotta est donc tombé follement amoureux de son héritage mais il n'a pas la prudence de son oncle et ne résiste pas à l'orgueilleux plaisir de l'exhiber dans un festin qu'il donne pour célébrer son bonheur. Le premier convié sera le Pape qui viendra sous un déguisement de cavalier qui ne trompe personne. Et Lucrezia paraît vêtue d'une robe de brocart d'or qui sert d'écrin à des épaules et à des seins parfaits. Ses cheveux dénoués, à peine retenus par un cercle de pierreries coulent derrière son dos comme une rivière dorée. À son entrée un grand silence s'est fait. Stupeur, émerveillement, en un instant, elle a cent cinquante amoureux mais il y en a un parmi eux chez qui le coup de foudre va tourner au délire passionnel et, dans la nuit même, Francesco Beccuto fait enlever la jeune femme par une bande de spadassins à sa solde qui laissent le jeune Trotta sur le carreau.

Lucrèzia ne le regrette guère. Beccuto d'ailleurs est beau même s'il est brutal et un peu trop sauvage pour son goût. Mais elle sait manier un homme et elle pose ses conditions : elle sera fidèle mais elle ne peut être ravalée à ce rôle d'objet que l'on fait admirer. En outre, elle refuse de vivre chez lui. Elle veut sa maison et le droit d'y recevoir qui elle veut.

Beccuto promet tout. Il est riche. Mais il ajoute tout de même que si elle rompt son serment de fidélité, il y aura du sang versé. Quelques jours plus tard, Lucrezia s'installe dans un petit palais situé près du Tibre et entreprend de se faire un cercle d'amis, dignes d'elle.

Au premier rang vient le Pape suivi des cardinaux les plus mondains, puis des poètes dont l'Arioste. Le succès de la jeune femme est tel qu'elle sera invitée aux noces de Lucrèce Borgia et du duc de Ferrare. Mais ce seront les écrivains, les poètes qui lui donneront la consécration suprême; après la mort d'Alexandre VI et une fois que Jules II, tenant Rome sous sa poigne de fer, permettra aux arts et à la beauté de s'épanouir plus librement, un grand concours poétique a lieu au Capitole.

C'est là que Lucrezia Cognati va cesser de vivre en tant que telle car, en lui offrant la couronne symbolique de Rome – un laurier d'or que l'on pose sur ses beaux cheveux, on lui décerne le nom d'Imperia qui va lui rester à jamais et faire entrer dans l'Histoire la petite fille du Borgo Nuovo. C'est un vrai triomphe auquel participe Beccuto, fou d'orgueil et toujours admis au privilège de pourvoir au luxe de la souriante souveraine. Il n'en deviendra que plus jaloux...

Tant qu'Imperia se laissait adorer par une ville entière, il n'y voyait pas d'inconvénient mais tout change le jour où, pour la première fois de sa vie, elle tombe réellement amoureuse. Il s'agit d'un Vénitien, Giacomo Stella, de très ancienne, très noble et très riche famille. Il est venu des bords de l'Adriatique tout exprès pour voir la jeune femme et, quand il la rencontre chez le prince Colonna, il s'éprend d'elle sur-le-champ. Quant à Imperia, elle ne parvient pas à cacher son émotion.

Par chance, Francesco Beccuto est absent de Rome pour quelques jours mais, à peine rentré, il trouve des centaines de jaloux pour lui apprendre sa disgrâce. Pour la première fois, Imperia essuie une scène d'une rare violence : si elle ne renonce pas à cet homme, il mourra de sa main à lui. Beccuto en fait le serment...

Malheureusement, les deux amants ne prennent pas ses menaces au sérieux et Imperia se croit assez habile pour le tenir encore à distance... Or, un soir où elle attend Giacomo, elle entend du bruit dans la rue et comprend qu'on se bat. Au-dehors, elle entrevoit des ombres imprécises et des épées brillent... La peur la prend et elle envoie ses valets à la rescousse. Il n'est que temps : les serviteurs ramènent peu après Giacomo Stella, les vêtements déchirés, blessé à la poitrine heureusement sans gravité mais Imperia pleure : tout cela est de sa faute.

Alors, elle supplie le jeune homme de fuir : ce qui n'a pas réussi cette nuit peut réussir demain. Il faut qu'il rentre à Venise.

– Je partirai, dit-il, mais pas seul. Viens avec moi ! Là-bas nous serons libres de nous aimer car je t'épouserai...

Imperia croit rêver. Il l'épouserait, lui, un patricien alors qu'elle n'est tout de même qu'une courtisane ? Mais ce mot-là il ne veut plus l'entendre. Imperia n'est-elle pas souveraine ? Dans deux jours ils partiront. Qu'elle se prépare !

Hélas, quand se lève le soleil de ce jour qui va la libérer, la jeune femme voit accourir sa servante en larmes : le portier du palais vient de découvrir, allongé sur le montoir à chevaux, le cadavre de Giacomo Stella transpercé d'une dizaine de coups de dague...

Mourir d'aimer...

Dans les jours qui suivent la mort de l'homme qui voulait l'épouser, Imperia vit un cauchemar car cette mort fait scandale et, curieusement, le peuple l'en rend responsable. On la jalouse trop pour ne pas voir là une bonne occasion de l'anéantir. Elle sera même arrêtée plus pour éviter une émeute que pour instruire un procès qui n'aurait ni queue ni tête. Pas pour longtemps ! Un ordre du Pape l'autorise bientôt à regagner son palais mais ce retour est sans joie et si elle n'avait une petite fille – née de Paolo Trotta et qui est élevée dans un couvent – elle se retirerait du monde. Mais l'enfant a besoin d'elle. Elle se contentera donc de fermer ses portes et de chercher dans la prière et l'austérité un apaisement à sa douleur.

Cela non plus ne durera guère : elle n'est faite ni pour l'une ni pour l'autre. C'est alors, qu'entre dans sa vie l'homme qui va en faire une sorte de conte enchanté : le banquier Agostino Chigi qui est l'homme le plus riche d'Italie. C'est un grand seigneur raffiné et lettré, la quarantaine, de taille moyenne, les cheveux blonds et épais et des yeux bleus qui ont le charme flou des regards de myopes. C'est aussi un mécène qui patronne des artistes.

Le soir où, par simple curiosité, il se fait conduire chez Imperia, il s'avoue ébloui par sa beauté mais garde la tête froide car elle lui paraît être une femme hors du commun, capable d'accepter un marché intelligent : elle vivra dans le faste d'une impératrice et aucune reine ne pourra rivaliser avec elle. En échange, elle sera le sourire d'une vie qui n'en a guère – Chigi est veuf – et l'ornement des demeures et des fêtes de son protecteur :

– Je ne vous demande pas de m'aimer ni même de m'appartenir, lui dit-il, mais seulement de laisser croire que vous m'êtes fidèle...

– Et si j'en venais à vous aimer ?

– J'en serais infiniment heureux... mais rien ne vous y oblige.

Engagée de cette façon, la liaison va durer et donner naissance à une amitié amoureuse très reposante pour Imperia dont le cœur n'est pas encore guéri. Une autre petite fille va naître tandis qu'Imperia règne réellement sur la Ville Éternelle. Les navires de Chigi courent les mers pour lui rapporter des trésors. Des artistes travaillent pour elle. Chez la « divine » Imperia on rencontre Léonard de Vinci, Michel-Ange et surtout celui qui l'adorera sans jamais oser le lui dire : Raphaël qui fixera sa beauté sur la toile.

En 1509, le prince Chigi lui fait construire une admirable demeure, celle qui est de nos jours la Farnesina du nom de ce Farnèse qui succédera à Imperia. Le banquier dépense tant d'or qu'on chuchote qu'il se ruine, que la panique est à sa porte. Il n'en est rien et l'on procède bientôt à l'inauguration du nouveau palais. Ce sera un festin dont la splendeur doit couper le souffle au monde...

On ne l'oubliera pas de sitôt car, après un étonnant défilé des mets les plus rares, Chigi, en « hommage propitiatoire aux anciens dieux lares » jette dans le Tibre un grand plat d'or et invite tous ses hôtes à en faire autant. C'est une ruée : la précieuse vaisselle vole vers les eaux grises et quand se termine cette nuit, Chigi peut embrasser celle qui a eu cette idée folle en apparence mais qui fait taire tous les mauvais bruits sur la ruine du banquier. Qui oserait douter de sa fortune après cela ? Il est vrai qu'avant le jour on relèvera discrètement le grand filet tendu au préalable dans les profondeurs du fleuve...

On est à l'aube du 9 octobre 1511 et cette date va néanmoins marquer la fin du bonheur d'Imperia car, une fois encore, elle vient de rencontrer la passion. Angelo del Bufalo un homme entrevu à la fête... il l'aime lui aussi, avec ardeur mais aussi avec une jalousie sans cesse croissante. Bien qu'il soit riche il ne peut rivaliser avec Chigi et, peu à peu, viennent les reproches à cause de ce luxe insensé qu'il ne peut offrir. Un soir, il lui a demandé de se parer de tous ses bijoux et la vue de cette fortune déchaîne chez lui une folle colère...

Autre souci : Angelo est marié, à une très jolie femme d'ailleurs, Vittoria de Cuppis, sœur d'un cardinal et qui ne supporte pas de se voir négligée. Les scènes sont fréquentes entre les époux et Vittoria ne se prive pas d'accuser son mari de vivre aux crochets de Chigi, le riche amant d'Imperia.

Celui-ci est bien discret pourtant. Ferme-t-il les yeux par tendresse pour Imperia ? Il part même pour Venise où l'appellent des affaires mais ce départ ne calme pas Angelo qui voudrait qu'Imperia rompe sans d'ailleurs rien offrir en contrepartie. Comment s'entendre avec un tel homme ? La nouvelle du retour du banquier déchaîne une crise plus violente que les autres : Angelo maltraite la jeune femme et finalement part en claquant les portes après l'avoir bassement, ignoblement insultée...

Lorsque Chigi revient, il la trouve dans un état pitoyable mais, pour la première fois, son chagrin le laisse indifférent. C'est qu'à Venise il a rencontré une toute jeune fille, Francesca Ardeosia dont la grâce l'a enchanté. Alors, Imperia décide qu'il est temps pour elle d'oublier la scène qu'elle a si fabuleusement occupée...

Sans avertir Chigi, elle quitte sa belle villa neuve et rejoint son ancien palais du Corso. Elle veut y donner une dernière fête pour célébrer son départ mais, à ce repas raffiné et intime, elle ne convie que des amis sûrs, ceux qui n'ont jamais été ses amants mais qui l'aiment avec le cœur : Castiglione, Bembo, Navaggero, d'autres encore et, bien sûr, Raphaël.

À la fin du repas, elle se lève mais demande à ses hôtes de rester à leur place : ils viendront tout à l'heure la rejoindre car elle leur réserve une surprise. En effet, au bout de quelques instants, les serviteurs noirs qu'elle affectionne viennent chercher les invités et les conduisent dans le joli cabinet tendu de brocart qui est sa pièce préférée. Imperia les attend là vêtue d'une simple tunique de mousseline blanche qui ne cache rien de sa beauté. Elle a ôté tous ses bijoux et dénoué sa chevelure.

D'une main, elle s'appuie au dossier d'un sopha et tous, principalement le peintre dont le cœur sent bien des choses, trouvent qu'elle est tout à coup bien pâle. Ils vont poser des questions mais elle les retient d'un geste et leur sourit :

– C'est un adieu que je veux vous dire, à vous qui êtes mes amis et grâce à qui j'ai vécu mes plus douces heures. Dans un instant j'aurai cessé de vivre. Le poison que j'ai pris ne pardonne pas, ajoute-t-elle en montrant, posée sur une table, une coupe d'or où demeurent quelques gouttes d'un liquide verdâtre.

Elle entend à peine le cri de stupeur et de douleur de tous ces hommes car elle vient de chanceler. Navaggero a tout juste le temps de la retenir dans ses bras. On s'empresse, alors, on court prévenir Chigi qui arrive, affolé – quoiqu'elle ait pu en penser il l'aime encore – traînant après lui des médecins qui seront impuissants même à adoucir une atroce agonie, singulièrement plus longue que la malheureuse ne l'imaginait.

Durant deux jours, il va, désespéré, regarder mourir celle qui était la plus belle créature de son temps. Il sait qu'avec elle s'en va la plus magnifique part de lui-même. Néanmoins, le martyre de la mourante lui permet d'obtenir le pardon de l'Église qui lui évitera la fosse des suicidés. Jules II lui envoie, *in extremis*, sa bénédiction. On est le 15 août 1512 et Rome étouffe de chaleur, guettée par les miasmes des marais voisins. Néanmoins cette mort va bouleverser la ville comme si Imperia en était réellement la souveraine et c'est au milieu d'un cortège immense, pompeux et tout fleuri qu'elle sera déposée dans l'église San Gregorio du mont Caelius où son tombeau est toujours visible...

La tragédienne de l'Empire

MADEMOISELLE GEORGE

Une Clytemnestre de quatorze ans...

Le pauvre Georges Weimer, modeste « directeur » du théâtre d'Amiens ne s'était jamais trouvé dans pareille situation en ce soir de décembre 1799. Au prix de tractations nombreuses et de sacrifices bien lourds pour sa bourse légère, il a réussi à faire venir chez lui la grande Raucourt, la fameuse tragédienne du Théâtre-Français pour jouer *Didon*. Or, à peine la Parisienne est-elle arrivée qu'elle menace de repartir en claquant les portes. La raison : la jeune comédienne retenue pour jouer Élise à ses côtés est en piteux état, un rhume affreux lui bouche la voix, le nez et lui interdit absolument de paraître en scène sous peine de faire hurler de rire toute la salle. Ce qui n'est pas le but recherché.

– Arrangez-vous comme vous voulez, dit la Raucourt, mais il me faut une Élise ou je rentre à Paris !

Alors, le bon Weimer tente une timide proposition : il a une fille, Joséphine-Marguerite, qui a quatorze ans mais en paraît facilement trois ou quatre de plus et qui étudie pour être actrice. Elle ne s'en tire pas si mal, selon le père, et en outre elle connaît le rôle... Mais que pèse l'avis d'un père auprès d'une Raucourt pour qui, d'ailleurs, les souvenirs amiénois se ressemblent...

En effet, quelques années auparavant, elle était venue jouer *Athalie* dans le même théâtre et, cette fois, le jeune garçon chargé du rôle de Joas s'était trouvé défaillant. Pour éviter la catastrophe, on en avait trouvé un autre, très beau d'ailleurs et qui, une fois revêtu de la longue robe des lévites, ne manquait pas d'allure. Hélas, quand, au second acte, Athalie se rend au temple pour interroger le mystérieux adolescent et demande : « Comment vous nommez-vous ? » le vers de Racine n'éveilla aucun souvenir dans l'esprit simplet du garçon qui répondit avec un beau sourire et une grande politesse :

– Nicolas Branchu, Madame.

La salle s'est étouffée de rire et Raucourt de fureur. Aussi n'a-t-elle pas envie de revivre une soirée analogue. Une fois lui a suffi... Mais Weimer au bord des larmes la supplie : elle ne risque rien de pareil avec sa Joséphine et, comme il faut à tout prix une Élise, elle consent à écouter un instant. Le théâtre fait le plein ce soir.

C'est un argument auquel Raucourt est sensible. Elle n'est plus toute jeune et à Paris elle a un petit peu moins de succès : d'où cette tournée dans le Nord. Alors, elle accepte : « Voyons cette gamine ! »

Un instant plus tard, elle reste stupéfaite devant une magnifique adolescente : Joséphine a de grands yeux noirs, une beauté classique, un peu sévère même et pour ainsi dire romaine. On lui donnerait dix-huit ou vingt ans sans hésiter. En outre, elle possède une voix chaude, pleine et sonore qui, sur le vers fait merveille. Et, bien sûr, la débutante va jouer Élise avec un plein succès. La soirée est un triomphe et Raucourt décide qu'elle emmène « la gamine » :

– Elle a le théâtre dans le sang, déclare-t-elle. Je me charge de son éducation et lui ferai une pension de douze cents francs en attendant qu'elle se suffise à elle-même.

Et voilà Joséphine-Marguerite partie pour Paris. Pas toute seule d'ailleurs. Sa nourrice et sa brave femme de mère ont tenu à l'accompagner pour s'efforcer de protéger sa vertu. Autant le dire tout de suite cela ne servira à rien.

À peine franchi le seuil de la Comédie-Française, la nouvelle va tomber dans les bras du séduisant Lafont, l'un de ses camarades.

Le trio un peu désorienté s'est installé rue Dauphine, dans une pension plus que modeste appelée hôtel de Thionville. Il est même si misérable qu'on le quitte bientôt pour celui du Pérou, rue Croix-des-Petits-Champs qui l'est un peu moins et, en outre, plus proche du théâtre. C'est à ce moment d'ailleurs que Joséphine y entre : jusque-là elle se contentait d'aller prendre des leçons chez Mlle Raucourt qui habitait du côté des Champs-Élysées l'ancienne demeure de Mme Tallien. C'était assez loin mais la fillette et sa nourrice possédaient de bonnes jambes.

Ces visites quotidiennes ont d'ailleurs eu l'avantage de développer son goût pour les belles choses et de constater à quel degré de luxe pouvait atteindre une comédienne de renom. Elle apprend ainsi à se tenir en société et à employer le juste ton avec ses admirateurs. Enfin, le 28 novembre 1802, elle est admise à faire ses débuts. Elle s'appelle désormais Mlle George, en hommage à son cher papa et elle va débuter dans *Iphigénie en Aulide*, rôle de Clytemnestre ce qui ne va pas aller de soi.

C'est évidemment une drôle d'idée de confier un rôle essentiellement maternel et dramatique à une fille qui n'a pas encore seize ans mais la stature de George peut permettre cette bizarrerie. En revanche, le public, lui, n'est pas du tout d'accord et cela dès le lever du rideau. Avec, il faut bien le dire une excellente raison : le rôle de Clytemnestre était l'apanage de Mlle Duchesnois et il ne voyait pas pourquoi on le retirait à une artiste qui avait sa faveur pour le confier à une débutante.

Autre sujet de mauvaise humeur : Talma tient le rôle distribué jusque-là à l'irrésistible Lafont. Aussi, en dépit de la présence du Premier Consul et de sa femme, la salle est-elle houleuse quand Mlle George fait son entrée. Cris, sifflets, toutes les démonstrations d'une cabale en règle secouent le théâtre. La « nouvelle » va-t-elle se retirer ? Point du tout ! Laissant peser sur les agités son regard de velours sombre, elle entame son texte d'une voix de violoncelle qui fait courir un frisson dans le dos de ceux qui veulent bien se donner la peine d'écouter. Bonaparte est de ceux-là et séduit autant par la voix que par l'allure royale de cette enfant, il se met à applaudir à tout rompre.

Un si vigoureux soutien entraîne une partie de la salle mais sans calmer les enragés. Au quatrième acte, ils se déchaînent et George devra recommencer trois fois sa tirade. La troisième fois elle l'achève sous un tonnerre d'applaudissements unanimes. La partie est gagnée.

Ce soir-là, c'est un autre membre de la famille Bonaparte qui va offrir ses hommages à la nouvelle étoile : Lucien Bonaparte lui envoie un nécessaire en vermeil et cent louis d'or. Il sera récompensé selon ses mérites et Mlle George va s'installer dans un bel appartement de la rue Saint-Honoré où elle va vivre enfin dans le luxe.

La romance avec Lucien ne dure guère. Celui-ci rencontre bientôt une jolie veuve, Mme Jouberthon dont il s'éprend passionnément et qu'il épouse en dépit de la fureur de son frère. Cela lui vaudra d'être exclu, plus tard, de certaines distributions de couronnes princières voire royales. Il sera prince un jour mais grâce au Pape.

Lucien disparu, Mlle George le remplace par un Polonais, le prince Sapieha qui la comble de tout ce qu'une fille d'Eve peut désirer. Néanmoins, la toute jeune femme en est encore à attendre la grande aventure de sa vie.

Ce soir-là, on a joué de nouveau *Iphigénie en Aulide* et Mlle George est Clytemnestre. Bonaparte est dans sa loge accompagné de Joséphine merveilleusement parée à son habitude mais beaucoup moins souriante que de coutume. Visiblement, elle trouve qu'une édition d'*Iphigénie* devrait suffire pour une vie entière et elle s'ennuie d'autant plus visiblement que son époux participe à l'action. Dieu sait qu'il y met du cœur ! Jamais on ne vit spectateur plus chaleureux. Et, à l'issue de la représentation, il tient à se faire présenter les artistes. Puis il s'en va mais, en rentrant chez elle, George constate qu'une voiture attend devant sa porte et qu'un inconnu est installé dans son salon.

Elle comprend tout de suite quand l'inconnu se nomme : il est Constant, le valet de chambre du Premier Consul et son message est fort clair : il vient inviter la tragédienne à se rendre le lendemain au palais de Saint-Cloud. Une voiture viendra la prendre.

Un éblouissement brouille un instant les yeux de George. Va-t-elle donc devenir l'amie... peut-être plus du maître de l'heure ? L'idée est plutôt grisante mais son prince polonais ne mérite pas qu'on lui joue un vilain tour car il est généreux, tendre et empressé... Seulement Bonaparte plaît à la jeune femme et elle sait qu'il n'aime guère qu'on le repousse. Enfin, il y a en elle une curiosité bien féminine : comment est-il dans l'amour ce foudre de guerre ?

Toutes ces hésitations ne prennent pas beaucoup de temps. Enfin, George se décide : elle ira à Saint-Cloud mais que la voiture vienne la prendre au théâtre, à huit heures comme prévu, et non chez elle.

Constant s'incline et se retire. C'est entendu : demain, huit heures à la Comédie-Française...

La jalousie de Joséphine

Une fois parti l'émissaire de Bonaparte, Mlle George a regretté de lui avoir donné rendez-vous au théâtre. Elle craint la publicité obligatoire que lui fera la venue d'une voiture du Consul, surtout vis-à-vis de son ami, le prince Sapieha. Et puis, elle n'aime pas dissimuler. Si elle doit devenir la maîtresse de Bonaparte, eh bien ! elle le sera, quitte à rompre avec le Polonais. Néanmoins, une fois dans la voiture un trac affreux s'empare d'elle et elle supplie Constant de rebrousser chemin.

Le valet de chambre de Bonaparte ne peut s'empêcher de rire : il serait bien reçu s'il revenait seul. D'autant qu'elle n'a aucune raison d'avoir peur. Le Premier Consul est d'une grande bonté et il saura d'autant mieux la rassurer qu'il l'attend avec impatience.

Naturellement, une fois à Saint-Cloud, ce n'est pas dans un salon du palais que l'on introduit la tragédienne. Après avoir laissé la voiture dans le parc, Constant conduit George à travers l'Orangerie et l'amène vers une porte-fenêtre de la terrasse devant laquelle veille Roustan, le mamelouk de Bonaparte. Le palais est tranquille, les salons sont obscurs.

Sans un bruit, la visiteuse est conduite dans une chambre élégante mais sévèrement meublée d'acajou sombre. De grands rideaux de soie verte pendent devant les fenêtres assortis à ceux qui drapent le lit. Constant se hâte de les tirer puis déclare qu'il va avertir son maître.

Assise sur un divan qui occupe un coin de la pièce, George s'efforce de dominer son trouble. Jamais elle n'a eu aussi peur ! Et quand la porte s'ouvre, elle sursaute : Bonaparte vient d'entrer. Et c'est avec beaucoup de gaieté et de gentillesse qu'il salue sa visiteuse. Il la fait rasseoir sur le divan, prend ses mains dans les siennes et s'étonne de les trouver si froides.

– Auriez-vous peur de moi ?

– Oh oui ! Depuis hier soir, je meurs de trac.

– Quel enfantillage ! Mais vous n'avez aucun rôle à jouer ici. Dites-moi votre prénom, celui dont on ne parle jamais.

– Joséphine-Marguerite...

– J'aime bien Joséphine mais ici c'est un nom redoutable. Je vous appellerai Georgina.

– Je veux bien mais... ne pourrait-on éteindre ces lumières ? Elles me blessent la vue et il me semble qu'un peu d'ombre...

Il se lève alors pour ordonner à Roustan d'éteindre le lustre. Puis ce seront les candélabres. Après quoi le dialogue, sur lequel, à partir de cet instant la tragédienne se montre beaucoup plus discrète dans ses *Mémoires*, va se poursuivre jusqu'à cinq heures du matin. Tout ce qu'elle raconte encore de cette soirée c'est le coup de colère de Bonaparte qui déchire en petits morceaux le voile qu'elle porte sur la tête quand il apprend qu'il lui a été donné par

Sapieha. Après quoi, il envoie Constant chercher un grand cachemire bleu et un voile en point d'Angleterre qu'il offre à sa nouvelle amie en se gardant bien de lui dire que ces objets viennent très certainement de chez sa femme. Mais celle-ci en possède tant !

Quoi qu'il en soit, la nuit de Saint-Cloud marque le début d'une aventure qui durera plusieurs mois. Une aventure gaie : les deux amants jouent comme des enfants à chat-perché ou à cache-cache à moins que Bonaparte ne s'amuse à essayer, pour la faire rire, les coiffures de Georgina. Il trouve un vrai plaisir dans la compagnie de cette belle fille heureuse de vivre, simple et franche. Hélas, cette agréable liaison ne sera pas longtemps ignorée de l'autre Joséphine, la Consulesse. Celle-ci est trop femme pour n'avoir pas deviné que Mlle George ne procure pas seulement un plaisir esthétique à son mari. Une petite enquête discrète – elle est au mieux avec Fouché – achève de la renseigner et un soir où la porte de Bonaparte semble mieux gardée que d'habitude, elle n'y tient plus.

– Cette fille est chez Bonaparte ! déclare-t-elle à Mme de Rémusat sa dame d'honneur et confidente. Voilà assez longtemps qu'ils se moquent de moi tous les deux. Cette fois je vais les surprendre !

Mme de Rémusat tente en vain de la dissuader : si d'aventure le Premier Consul travaille, sa femme sera au moins mal reçue mais Joséphine tient à son idée. Elle est certaine que son époux ne travaille pas. Il est dans sa chambre et il n'y est pas seul. Aussi toutes deux vont-elles y aller voir.

La créole est impossible à raisonner quand elle est en colère aussi Mme de Rémusat, fort empêtrée de son personnage, se résigne-t-elle à prendre un flambeau et à escorter l'épouse outragée. À pas de loup, toutes deux s'engagent dans l'escalier dérobé qui conduit directement à la chambre du Consul. Le silence est complet et, sur le mur, la flamme du bougeoir jette des lueurs inquiétantes. Soudain Joséphine tressaille : elle a entendu quelque chose, quelque chose qu'elle ne parvient pas à définir.

Elle n'est pas très brave et sent même ses cheveux se dresser sur sa tête :

– C'est peut-être Roustan, chuchote-t-elle. S'il garde la porte, ce malheureux est capable de nous égorger toutes les deux sans se donner le temps de nous reconnaître...

Du coup, Mme de Rémusat, franchement épouvantée, fait demi-tour et redescend l'escalier avec la chandelle sans penser qu'elle abandonne Joséphine dans l'obscurité. Elle se précipite dans le salon qu'elles viennent de quitter et se laisse tomber dans un fauteuil les jambes coupées. À ce moment, la Consulesse arrive à tâtons et, devant sa mine effarée, éclate de rire :

– Je crois qu'il vaut mieux renoncer à notre projet. Nous ne sommes ni l'une ni l'autre assez braves pour affronter Roustan...

C'est la sagesse. D'autant que les aventures de Bonaparte ne sont jamais de très longue durée. Peu à peu, il se laisse gagner par la lassitude ou par un désir de changement. Fidèle à son principe de franchise dévastatrice, il le fait entendre un soir à Georgina : elle lui plaît moins et il ferait peut-être mieux de la marier.

La marier ? Mais avec qui, grands dieux !... Eh bien, avec un général : elle quitterait le théâtre et mènerait enfin une vie honorable.

Le mot est maladroit. George déclare qu'elle juge sa vie présente fort honorable. D'ailleurs, cette proposition n'est pas sérieuse ? Et pourtant si. Alors la tragédienne se fâche. Elle refuse un mari de convention pour qui elle n'éprouverait si estime ni amour. Du coup, Bonaparte se met à rire :

– Tu as raison, Georgina : tu es une brave fille !

Mais la fin est proche. Quand Georgina le revoit, c'est aux Tuileries où il l'a invitée à se produire. Il est maintenant l'Empereur. Néanmoins leurs relations seront toujours imprégnées de cette amitié affectueuse qui succède si rarement à l'amour.

Toute la vie de la tragédienne sera marquée du sceau de Napoléon, auquel, contre vents et marées, elle demeurera fidèlement attachée, même lorsqu'elle lui donnera comme successeur, en Russie, le tsar Alexandre Ier qui, pour elle, fera copier l'un des diadèmes de la Grande Catherine. Bien sûr, elle aura d'autres amants dont Jérôme Bonaparte, le frère de Napoléon mais aucun ne prendra en elle la petite place qu'elle gardait si pieusement.

À la chute de l'Empire, ses convictions lui vaudront quelques ennuis mais ne l'empêcheront pas de devenir la grande étoile de l'Odéon et de la Porte-Saint-Martin dont, d'ailleurs, elle épouse le directeur, Harel, en 1818. Cet Harel est une sorte de bohème dépenaillé mais plein de charme et c'est peut-être lui qui, au fond, aura été son plus grand amour. Lorsqu'il meurt, en 1846, elle demeurera inconsolable.

La fin de sa vie est pleine de tristesse. Elle jouera tant que ce sera possible mais, devenue vieille et très grosse, il lui faudra quitter le théâtre. Dès lors, elle ne vivra plus que de quelques expédients et de la maigre pension que lui fait verser Napoléon III. Enfin, à près de quatre-vingts ans, le 11 janvier 1867, meurt dans la misère celle qui a été la reine du théâtre impérial et l'une des maîtresses préférées de Napoléon.

LA GRANDE RACHEL

Chanteuse des rues...

Un soir de l'automne 1836, deux adolescentes chantent en se tenant par la main, devant la porte du café Procope. La plus grande qui est aussi l'aînée a dix-sept ans mais l'autre est petite pour ses quinze ans. Maigre aussi et, sous ses cheveux noirs, sa petite figure pâle semble dévorée par de très grands yeux sombres, sa seule vraie beauté. En dépit d'une misère évidente, le groupe serait charmant si les deux innocentes ne chantaient l'une de ces chansons gaillardes tout au plus bonnes pour un corps de garde.

Un homme s'arrête alors. Environ trente-cinq ans, bien habillé avec un visage passionné. Il demande aux deux fillettes pourquoi chantent-elles cette affreuse chanson qu'elles ne devraient jamais avoir entendu. La réponse est navrante : elles n'en connaissent pas d'autres. L'inconnu alors sourit, prend dans sa bourse une pièce d'or, un rouleau de papier et les met dans la petite patte maigre de la plus jeune :

– Tiens, dit-il. Voilà quelques couplets qu'un de mes amis devait mettre en musique. Chantez-le sur un air ancien. Vous en connaissez bien un ? Je vous les donne...

Et il s'éloigne sur un signe d'encouragement. La petite Rachel saura, plus tard que l'inconnu s'appelait Victor Hugo...

C'est seulement après la révolution de 1830 que la famille Félix s'est installée à Paris. Ce sont des juifs de Metz qui pendant longtemps ont arpenté les routes dans une roulotte. Le père fait un peu de brocante, la mère, revendeuse à la toilette, des raccommodages, et les trois enfants aident comme ils peuvent. Rachel, qui est la deuxième après Sarah et avant Rebecca – est née le 21 février 1821 à Mumpf, dans le canton d'Argovie. Un garçon fermera la série des habitants de la roulotte qui, d'ailleurs, est devenue trop petite. On se fixe d'abord à Lyon puis à Paris sous les combles d'une maison de la rue Traversière et le cours des jours recommence à couler. Le soir on fait les comptes car le père est aussi économe que fidèle à la loi juive.

La rencontre avec Victor Hugo porte bonheur à Rachel. Une autre suit, avec un certain Choron qui fait entrer ses protégées à l'Institut royal de Musique religieuse mais le chant n'est pas ce qu'elles préfèrent et Choron les confie à un sien ami, Saint-Aulaire qui dirige un cours d'art dramatique. Là, Rachel est tout de suite dans son élément. Tellement qu'elle fait ses débuts au théâtre du Gymnase, le 24 avril 1837 dans *La Vendéenne*. Elle pourrait y rester mais le théâtre de boulevard n'est pas vraiment son fait et Poirson, le directeur du Gymnase repasse sa trouvaille à Samson qui est la vedette de la Comédie-Française. Cette fois, elle est arrivée à sa vraie place, celle d'une tragédienne-née et après un an d'études elle débute enfin le 12 juin 1838 dans le rôle de la Camille d'*Horace*. Elle a dix-sept ans et c'est son premier succès. Un succès qui va vite devenir un triomphe.

Elle gagne quatre mille francs par mois et les finances de la famille s'en trouvent bien. Trop bien peut-être et les choses commencent à se gâter quand le vieux Félix refuse de laisser à sa fille la plus petite part de ce qu'elle gagne. Elle disposera de son argent quand elle sera majeure.

Pas avant. Or, Rachel est lassée de porter toujours la même robe en jaconas jaune à fleurs lilas et le même chapeau garni d'une rose défraîchie qui font sourire ses camarades. Seul avantage : la famille s'est transportée dans un petit appartement de l'impasse Véro-Dodat.

Sa sœur Sarah lui donne alors un conseil : se marier !

L'idée séduit Rachel et, tout de suite, elle trouve des candidats. Le premier est un écrivain sans succès qui voit en elle un bon moyen de se faire jouer, le second un journaliste sans talent. Un troisième personnage lui ouvre les yeux. C'est, à vrai dire, un assez triste sire, un certain Charles Maurice qui vend très cher, aux comédiens, ses articles louangeurs. Rachel a trop de talent pour le craindre mais il est beau et elle se met à l'aimer. C'est un mot qu'il ignore et, bien loin de songer au mariage, il fait de la jeune fille sa maîtresse, lui soutire de l'argent puis la trompe cyniquement. Longtemps après, la tragédienne dira de lui : « Je me sentais salie, avilie et je me haïssais d'autant plus que j'étais sans forces contre cet homme... »

Elle caresse même un instant l'idée de le tuer et cache une arme sous sa robe de scène mais recule au dernier moment : un scandale apprendrait à son père qu'elle a perdu sa « pureté originelle ». Non, décidément, c'est une erreur que de chercher le mariage. Sarah, alors, lui conseille de se trouver un protecteur riche... et discret. Il y en a peut-être un : et qui ne manque pas une de ses représentations. Qui donc ? Mais le docteur Véron !

Ce n'est pas n'importe qui · il est directeur de l'Opéra – après avoir fait fortune dans les produits pharmaceutiques. Il est très riche mais au physique, si l'on en croit Ponsard : « Il était gros, laid et avait les écrouelles... » Rien qui puisse séduire une jeune femme au tempérament ardent. Seulement Rachel tient de son père l'amour de l'argent et Véron obtient ce qu'il désire. La tragédienne en sera récompensée par une belle maison à Montmorency où toute la famille se transporte à la belle saison. Véron d'ailleurs jure de faire de sa « petite diablesse » une reine de Paris. Il n'aura guère de peine : Rachel allie à la finesse d'un Tanagra le charme d'une voix profonde et émouvante qui soulève la passion des foules, cette même passion dont elle est elle-même habitée et qui ne saurait se suffire d'un Véron. Les occasions ne manquent pas.

Dans la même année elle va le tromper – oh discrètement ! – avec Alfred de Musset retour de Venise, avec le marquis de Custine et avec le prince de Joinville fils aîné du roi Louis-Philippe qui revient tout juste de Sainte-Hélène où il est allé chercher les cendres de Napoléon. C'est peut-être l'homme le plus séduisant de Paris mais aussi un militaire et il en a les manières.

Ce soir-là, Rachel qui vient de jouer, dans *Andromaque* le rôle d'Hermione, trouve dans sa loge un billet ainsi conçu : « Où ? Quand ? Combien ? »... Chose étrange, cette littérature à la hussarde ne blesse pas l'artiste. Sans même se donner le temps de réfléchir, elle prend du papier, une plume et répond, dans le même style : « Chez toi. Ce soir. Pour rien... » Et, une heure plus tard, une voiture discrète qui attend non loin de la sortie des artistes conduit Rachel aux Tuileries... Elle déménagera bientôt : une favorite quasi royale ne peut habiter impasse Véro-Dodat. Désormais, ce sera au 23, quai Malaquais.

Cependant, les amours avec Joinville ne vont pas durer très longtemps. L'orgueil et les sens y entrent pour beaucoup mais n'engagent pas vraiment le cœur en dépit des billets tendres, que Rachel envoie à son prince : « Je t'aime tant fort que je puis... »

La liaison s'use d'elle-même mais elle a fait assez de bruit pour que Véron apprenne son infortune. Il ne fera pas de tapage – ce n'est pas dans sa manière – et d'ailleurs la tragédienne avait pris soin de rompre avec lui mais il n'en a pas moins ressenti une blessure d'amour-propre dont il va se venger, à sa manière de gros matou sournois, d'une bien vilaine façon.

Un soir où il reçoit des amis recrutés comme par hasard parmi les pires langues de Paris, il ouvre devant eux au dessert, entre les vapeurs du café turc et la fumée des cigares, un paquet de lettres, celle que Rachel lui a écrites au début de leur liaison et il va les lire une à une, à haute voix au milieu des plaisanteries grivoises car il sait bien qu'une femme peut se couvrir de ridicule en employant certains mots, certaines phrases pour un homme de sa tournure. Il espère que Rachel ne s'en relèvera pas. En fait, il se flatte et son calcul est mauvais : Paris aime trop sa tragédienne pour s'arrêter à cet assez répugnant déballage. Quant à Rachel, après s'être livrée à une colère de bohémienne, elle décide de ne pas réagir. Véron est mort pour elle.

D'ailleurs, elle vient de rencontrer celui dont elle pense qu'il sera l'homme de sa vie : il est jeune, beau, riche, noble et, qui mieux est, il porte la plus éclatante des auréoles car il est le fils de Napoléon Ier et de son « épouse polonaise » : c'est le comte Alexandre Walewski...

Le fils de l'Empereur

1843. Les débuts de la liaison avec Walewski sont éclatants. Amoureux comme un collégien, Alexandre enlève Rachel du quai Malaquais pour lui offrir un magnifique hôtel particulier au nº 4, rue Trudon. Malheureusement, il la laisse le décorer à son idée et elle en fait une rétrospective des styles à travers l'histoire. On y trouve un escalier gothique, une chambre Louis XV, une salle à manger et une salle de bains étrusques, un grand salon Louis XIV et un petit salon chinois. Tout ce que Paris compte de gloire et d'esprit viendra le visiter : Lamartine, Béranger, Chateaubriand, Musset – encore lui ! – Alexandre Dumas (père !) qui tente de séduire la maîtresse de maison et aussi le ménage de Girardin dont la femme, Delphine Gay, est la reine de la presse parisienne.

Au bout d'un an, un petit garçon vient au monde que l'on nomme Alexandre. Le père est tellement heureux qu'il songe même au mariage en dépit des différences profondes qui le séparent de sa maîtresse. Rachel est habitée par un appétit de vivre qui suffoque le diplomate épris avant tout de calme et de modération. Cette femme excessive pour qui la vie n'est qu'une suite de plaisirs le déroute. Elle est géniale et mal élevée, inculte et inspirée. Elle aime brûler l'existence jusqu'à en tomber de fatigue et oblige son amant à une perpétuelle gymnastique intellectuelle : il ne sait jamais, quand il arrive, s'il va trouver Phèdre, Chimène, Marie Stuart... ou Jeanne d'Arc.

Ce jeu l'essouffle mais il s'en accommoderait peut-être si, au bout de trois ans, Rachel ne commettait une grave erreur : celle de prendre pour amant Émile de Girardin, le roi des journalistes mais aussi le mari de Delphine la redoutable. Qui d'ailleurs ne se doute même pas de ce que son époux a déjà une maîtresse, une certaine Esther Guimond, lionne à la mode, jolie, spirituelle et intelligente qui a élevé le métier de grande courtisane jusqu'à des hauteurs extrêmement rémunératrices et qui n'a aucune envie de se faire couper l'herbe sous le pied par Athalie. Et elle écrit :

« Ne vous ai-je pas surprise en fiacre, à deux heures du matin, revenant de souper mystérieusement avec M. de Girardin, hier 17 mars 1846 ? Retenez bien cette date car c'est à compter de ce jour qu'il m'a juré ne plus vous revoir. En échange de la parole qu'il m'a donnée, je promets le silence et, pour cette fois, Mme de Girardin ne saura rien, ni les visites que vous a faites son mari, ni vos parties de campagne, ni vos soupers, ni le reste. Car, quoi qu'on en ait pu dire, ces scandales ne sont pas de mon goût et me sont interdits à jamais par mes sentiments pour M. de Girardin. Renoncez courageusement à une de ces coquineries si savoureuses pour les femmes : moi je déposerai les armes... »

Au reçu de cette lettre Rachel, passé la première colère réfléchit. Girardin lui plaît mais pas à ce point-là et se mettre sa femme à dos pourrait être lourd de conséquences. Elle accepte donc le marché et rompt sans bruit, espérant ainsi acheter la paix. Mais elle a compté sans la perfidie d'Esther Guimond. Celle-ci ne dira rien à Delphine mais Walewski, lui, apprendra sa mésaventure.

La rupture est immédiate. En dépit des larmes de Rachel, Walewski s'éloigne, laissant à la coupable son hôtel et tout ce qu'il lui a offert mais il emmène son fils. Il part pour Florence où, le 4 juin suivant, il épouse Marie-Madeleine de Ricci, une éblouissante jeune fille.

La nouvelle du mariage frappe Rachel plus cruellement qu'elle ne le pensait. Elle l'avoue simplement dans une lettre à une amie : « Je suis si accablée, si étourdie du coup affreux que j'ai reçu par la nouvelle du mariage de W... que je ne puis trouver assez de sang-froid pour vous écrire longuement. Les torts sont trop de mon côté. Il me faut pleurer et non me plaindre : j'ai tout fait et Dieu m'a punie. Tout est fini pour moi... »

Heureusement, il n'en est rien. De sa douleur sincère la tragédienne tire un surcroît de talent. Jamais ses cris de souffrance n'ont été si beaux... Mais elle trouvera aussi la consolation après avoir obtenu le retour de son fils car elle n'est pas femme à pleurer longtemps. Un beau garçon passe à sa portée. Il se nomme Arthur Bertrand et il est le fils de ce général qui suivit si fidèlement Napoléon à Sainte-Hélène. Décidément, la légende de l'Aigle continue à poursuivre Rachel. Elle aime Bertrand pour sa beauté sans chercher à en savoir davantage ce qui est une bonne chose car c'est un assez mauvais sujet.

En 1848, Louis-Philippe tombe mais Rachel reste. De la poussée républicaine qui secoue la France elle retire même un supplément de popularité, redevient chanteuse pour un temps et parcourt le pays en chantant *La Marseillaise* drapée dans un drapeau tricolore : un triomphe ! Mais ce serait s'avancer beaucoup que croire solides ses convictions politiques toutes neuves. Elles ne résistent pas à une présentation au prince Louis-Napoléon. Après le fils de l'Empereur, Rachel fera les délices de son neveu pendant quelque temps. Juste celui de s'éprendre de Mlle de Montijo et de lui offrir de partager sa couronne impériale toute neuve. Rachel sera en bons termes avec l'Impératrice puis, pour rester fidèle à elle-même, elle remplace l'Empereur par son cousin, le prince Jérôme Napoléon que les Parisiens ont surnommé Plon-Plon ce qui est tout un programme.

Ce débauché marque le début du déclin de Rachel. D'abord sa santé n'est pas des meilleures : les premières atteintes de la phtisie commencent à se faire sentir. Au théâtre, le public toujours instable se trouve une nouvelle idole : Adélaïde Ristori qui ne vaut pas Rachel et de loin et ne laissera d'ailleurs pas son nom à l'Histoire. Enfin, la tragédienne par ses caprices s'est fait de nombreux ennemis. En tête, l'affreux Charles Maurice, le premier amant. Écœurée, elle part en tournée et retrouve le triomphe : l'Angleterre d'abord où la reine Victoria lui offre un bracelet, puis la Hollande et enfin la Russie où elle use encore un peu de ses forces dans les excès de la vie nocturne.

De retour à Paris, elle s'aperçoit que son étoile est ternie. Sur les conseils de son frère Raphaël qui a pris le relais du père et se révèle homme d'affaires, elle part pour l'Amérique avec toute sa famille. Malheureusement, la tournée est un fiasco dont Rachel revient épuisée.

Après avoir essayé de la campagne – elle a acheté un superbe domaine à Thun, sur la route de Mantes, elle se décide, à l'automne 1856 à suivre les conseils de son médecin qui recommande l'Égypte. Elle sait qu'elle n'a plus grand-chose à attendre sinon la mort. Et pourtant, c'est alors que l'amour lui tend une dernière perche : la plus solide.

Il s'appelle Gabriel Aubaret et il est commandant en second sur le navire qui emmène la tragédienne à Alexandrie. Il est de cinq ans plus jeune qu'elle mais il est bon, loyal, sincère et cette femme diaphane qui porte sur ses épaules le poids de tant de gloire l'émeut. Cette émotion se change vite en amour et Rachel croit revivre. Est-ce que, vraiment, on peut encore l'aimer à ce point ? Alors, elle ne va pas rester en Égypte où Gabriel ne la verrait pas souvent. Elle rentre en France son amant loue pour elle une propriété près de Montpellier, non loin de sa propre famille. Il espère l'épouser mais chrétien et même pieux il essaie de convertir Rachel au catholicisme. Ce qui déchaîne la fureur de la famille Félix et, le jour où Rachel doit abjurer le judaïsme, elle reçoit un télégramme – faux ! – qui la rappelle à Paris : son fils est malade. Elle quitte Gabriel désespéré.

À Paris où elle a vendu son hôtel de la rue Trudon, elle s'est installée place Royale où, dans un très bel appartement, elle reçoit encore le Tout-Paris. L'Empereur et l'Impératrice lui ont conservé leur amitié. Mais le mal empire. La toux destructrice la mine. Elle ne veut pas retourner à Montpellier et elle accepte l'offre de la villa Sardou, au Cannet, une villa de style pompéien où sa chambre a l'air d'un mausolée antique. Elle s'y rend avec Sarah : quelques jours de joie au milieu des orangers. Ses fidèles viennent la voir et surtout Gabriel qui refuse de la quitter. Il y a aussi, bien sûr, la famille, l'envahissante famille. Et c'est au chant des psaumes hébraïques, au milieu des siens que, le dimanche 3 janvier 1858, la Grande Rachel s'éteint dans les bras de son médecin, le docteur Czernicki. Elle n'a pas trente-sept ans et elle emporte avec elle l'une des plus hautes gloires du théâtre.

Ramenée à Paris, elle aura des obsèques presque nationales comme, plus d'un siècle plus tard, la grande Édith Piaf qui lui ressemble par bien des points. Une foule immense l'accompagne au Père-Lachaise où elle repose toujours cependant que la Comédie-Française révère encore en elle celle qui fut peut-être sa plus grande tragédienne.

LA DAME AUX CAMÉLIAS

Un soir aux Variétés

Un jour de septembre 1844, deux jeunes « lions » c'est-à-dire deux jeunes gens appartenant à cette jeunesse parisienne élégante, romantique et dorée par intermittence, se rencontrent à la promenade à cheval en forêt de Saint-Germain et, comme cela arrive aisément lorsque l'on a vingt ans, ils se sont tout de suite liés d'amitié et décident de continuer la journée ensemble : l'un se nomme Eugène Déjazet et il est le fils de la célèbre comédienne Virginie Déjazet mais l'autre porte un nom encore plus célèbre : on l'appelle Alexandre Dumas fils pour le distinguer de son monumental père, le grand Alexandre Dumas qui vient tout juste de faire paraître *Les Trois Mousquetaires*, le roman vedette que les foules s'arrachent.

Les deux nouveaux amis pourraient d'ailleurs aller dîner chez lui, à la Villa Médicis où il tient table ouverte mais préférant leur seule compagnie, ils optent pour un autre programme : ils iront au théâtre et ensuite souperont dans un endroit à la mode. Alexandre propose le théâtre des Variétés, un peu boudé par les femmes du monde mais où celles du demi-monde souvent plus belles viennent volontiers. C'est donc là qu'ils dirigeront leurs pas.

Ayant réussi, non sans peine, à s'assurer deux fauteuils dans une salle déjà bien remplie ils se livrent tout d'abord à l'occupation habituelle des jeunes élégants au théâtre . examiner à la lorgnette les femmes qui ornent les loges. La pièce, en effet, ne les intéresse que médiocrement.

Les jumelles d'Alexandre Dumas ne vont pas loin et se fixent sur l'une des deux grandes loges d'avant-scène illuminée par une femme merveilleusement belle, vêtue d'une robe de satin blanc largement décolletée avec, autour du cou, une rivière de diamants. Quelque temps plus tard, devenu un dramaturge célèbre il la décrira ainsi : « Elle était grande, très mince, noire de cheveux, rose et blanche de visage. Elle avait la tête petite, de longs yeux d'émail comme une Japonaise mais vifs et fiers, les lèvres du rouge des cerises les plus belles dents du monde. On aurait dit une figurine de Saxe... »

Pour l'instant, elle l'éblouit et il remarque à peine l'homme âgé et richement vêtu qui l'accompagne · il ne voit qu'elle et le bouquet de camélias blancs posé devant elle sur le velours rouge de la loge. Et, naturellement, il demande à son compagnon s'il la connaît.

Déjazet se met à rire. Comment ? Le fils du grand Dumas ne connaît pas la plus célèbre des courtisanes de Paris ? Eh bien non, il ne la connaît pas mais comblerait volontiers cette lacune. Déjazet alors s'exécute : la belle se nomme Marie Duplessis. Elle n'a que vingt ans mais elle est déjà célèbre par sa beauté, son luxe, son élégance et même sa culture car elle lit beaucoup. Quant au vieil homme, c'est l'ancien ambassadeur de Russie, le comte Stackelberg, fabuleusement riche qui dépense pour elle une fortune. Chaque jour, il lui offre ces camélias que l'on commence à associer à son nom et qu'il paie très cher parce qu'elle ne supporte pas les fleurs parfumées.

En réalité, la belle enfant s'appelle Alphonsine Plessis, née en Normandie, à Nonant-le-Pin, le 15 janvier 1824, fille d'un mercier ivrogne qui, dès l'âge de treize ans, la vendait à ses clients contre quelques verres. À quinze ans, elle a fui cette horreur, est venue à Paris et s'y est placée comme lingère puis comme modiste et, pour se distraire, elle a fréquenté le fameux bal Mabille.

C'est là qu'elle rencontre, un jour, le journaliste Nestor Roqueplan qui lui fait changer de nom et lui conseille de s'intéresser uniquement aux hommes fortunés. Cela commence mal : un restaurateur du Palais-Royal l'installe dans un petit appartement de la rue de l'Arcade où il prétend la séquestrer. Elle s'échappe, devient la maîtresse du jeune duc de Guiche et, grâce à lui, grâce aussi à ceux qui lui succéderont : Édouard Delessert, Henri de Contades, Fernand de Montguyon, Marie va acquérir les manières parfaites et le vernis de culture qui vont lui donner son image définitive. Elle est, en outre, une excellente maîtresse de maison et dans son grand appartement du 11, boulevard de la Madeleine (le 16 actuel) Marie va recevoir toute la noblesse masculine et tout ce que Paris compte d'illustrations littéraires... dont le père Dumas.

Il y a, dans la salle, une autre femme avec laquelle Marie semble avoir établi une sorte de télégraphie discrète. C'est une modiste en vogue nommée Clémence Prat, une entremetteuse aussi mais elle est pour la jeune femme non seulement une voisine mais aussi une amie fidèle. Si Dumas veut se faire présenter, c'est elle qu'il faut aller visiter à l'entracte. En dépit d'une certaine répugnance, Alexandre accepte et la Prat l'invite chez elle après le spectacle : Marie, qui ne se couche jamais avant deux heures du matin y passe toujours un moment car elle souffre de la poitrine mais la fièvre en général la quitte vers cette heure tardive.

Dumas est atterré : malade, une si jolie femme ? Mais, à la savoir menacée, elle lui paraît plus attirante encore. Et il se laisse conduire chez Clémence où ils vont attendre, lui et Eugène, que Marie vienne ou appelle son amie par la fenêtre. C'est ce qui se passe et il peut bientôt s'incliner sur une petite main pâle ornée de fort beaux diamants.

Quant à Marie, il est visible que ce grand garçon brun aux manières parfaites lui plaît beaucoup. Elle le lui dit d'ailleurs sans ambages. Après quoi, on organise un petit souper très gai. Un peu trop peut-être ! Alexandre souffre de voir sa créature de rêve boire le champagne sans retenue et répondre joyeusement aux plaisanteries les plus fortes. À mesure qu'elle boit d'ailleurs, ses joues se colorent d'une rougeur fiévreuse et, finalement, secouée par une brusque quinte de toux, elle quitte la table en courant. Dumas la rejoint dans un petit salon et la trouve étendue, les yeux clos, sur un canapé. Dans une cuvette posée à terre il y a des traces de sang. Alors il s'assoit près d'elle, prend sa main et dit son inquiétude. Il la connaît à peine et pourtant il lui est intolérable de la voir souffrir. Cette vie insensée la tue et il voudrait tant l'aider, la soutenir... l'aimer enfin. Il ne prononce pas le mot mais elle a deviné :

– Ainsi vous êtes amoureux de moi ? Dites-le tout de suite, ce sera plus simple.

– Si je dois vous le dire un jour, ce n'est pas aujourd'hui.

– Alors vous ferez mieux de ne le dire jamais car il ne peut résulter que deux choses de cet aveu : ou bien je ne vous accepte pas et vous m'en voudrez, ou je vous accepte et vous aurez alors une triste maîtresse. Une femme nerveuse, malade, triste ou gaie d'une gaieté plus triste que le chagrin ; une femme qui crache le sang et qui dépense cent mille francs par an. C'est bon pour un vieux richard mais bien ennuyeux pour un jeune homme comme vous...

Ce fut ensuite le silence. Dumas regardait avec une compassion pleine de tendresse cette femme ravissante qui disait des choses si navrantes fuyant la réalité dans l'ivresse et l'insomnie.

Il voulut parler encore mais elle le fit taire. Il disait des enfantillages et mieux valait retourner dans la salle à manger. Il obéit, déjà trop amoureux pour la contrarier en quoi que ce soit mais dans les jours qui suivirent, il revint assidûment boulevard de la Madeleine, décidé à l'impossible pour arracher Marie à cette existence désastreuse et pour conquérir son amour.

Il se fit son compagnon de chaque jour, l'ami tendre et prévenant qui entoure de mille soins, qui soutient et qui console. Tant et si bien qu'un jour Marie dit à celui qu'elle avait surnommé « Adet » en additionnant ses initiales A et D :

– Si vous me promettez de faire toutes mes volontés sans dire un mot, sans la moindre observation, surtout sans me questionner, je vous aimerai peut-être...

Naturellement, il promit tout ce qu'elle voulait. Et Marie, alors, décida très calmement qu'elle allait en effet aimer le « cher Adet »...

Un papillon affolé...

Comme il arrive chaque fois qu'un amour commence, les jours qui suivirent l'abandon de Marie furent merveilleux pour elle et Dumas. Rompant avec ses riches protecteurs, la belle aux camélias vécut exclusivement pour son nouvel amant. On les vit ensemble dans les bois de Meudon, cueillant des fleurs ou se roulant dans l'herbe. Marie Duplessis abandonnait ses satins et ses diamants pour s'habiller de mousseline candide ou de percale fleurie et, chaque matin, elle faisait porter à son cher Adet le programme de la journée. Des programmes qui étaient pour elle le comble de la simplicité mais qui se révélaient finalement très onéreux pour un jeune homme peu riche. Chaque soir, en effet, il fallait aller au spectacle, souper dans un endroit gai. Rien que les camélias à renouveler chaque jour le ruinaient en dépit de l'aide de son père, toujours généreux mais souvent à court d'argent.

Alors, incapable d'accepter la moindre diminution de son train de vie, Marie revit en secret le vieux comte Stackelberg mais, surtout, un nouvel adorateur se présenta et elle ne lui résista guère. Celui-là jeune, noble et très riche. Petit-fils du célèbre banquier Perregaux, il est régent de la Banque de France et porte à Marie une folle passion. Grisée, celle-ci se laisse adorer et couvrir de joyaux que le pauvre Dumas admire d'un œil chaque jour plus irrité car il ne croit guère à la génération spontanée de ce genre de colifichets. Marie a beau lui dire que « Le mensonge blanchit les dents ! » il sait bien qu'elle lui ment et il le prend de plus en plus mal. Des scènes éclatent et Marie reproche à son amant de vouloir l'abaisser à une existence bourgeoise.

Le malheureux en souffre. En outre, ses dettes atteignent le chiffre de 50 000 livres. Alors, dans la nuit du 30 août, il écrit cette lettre : « Ma chère Marie, je ne suis ni assez riche pour vous aimer comme je voudrais ni assez pauvre pour être aimé comme vous le voudriez. Oublions donc tous deux, vous un nom qui doit vous être à peu près indifférent, moi un bonheur qui me devient impossible... » L'hiver sera triste pour le jeune homme mais, au printemps suivant, son père l'emmènera en Espagne et en Algérie en pensant que le voyage sera un bon antidote.

Pendant ce temps, Marie poursuit sa vie insensée. La lettre d'Adet lui a fait un peu de peine mais pas beaucoup : elle sait qu'elle n'a pas de temps pour les regrets. D'ailleurs, à peine Dumas disparu, elle s'attache Franz Liszt que lui a présenté le Dr Koreff, son médecin : une passion rapide, violente, uniquement sensuelle et que le musicien fuira pour n'en être pas victime. Il écrira plus tard : « Je ne suis parti ni pour les Marion Delorme ni pour les Manon Lescaut mais celle-là était une exception : elle avait beaucoup de cœur... »

De cette affirmation Dumas pourrait douter mais au fond aucun de ses adorateurs ne songe à lui offrir ce dont elle rêve : le mariage.

– Vous autres hommes, dit-elle à Perregaux, vous prenez tant qu'il y a à prendre puis vous partez sans regrets, sans un souvenir.

Car à présent elle se sait condamnée. La fièvre la quitte de moins en moins et elle a encore maigri mais cela ne l'empêche pas de se jeter vers l'illusion des plaisirs, comme un papillon affolé, pour y consumer sa vie. Et c'est sans doute la pitié qui pousse Édouard Perregaux à lui offrir ce mariage dont elle rêve. Et comme elle s'étonne, allègue le scandale que la famille ne pardonnerait pas, il trouve une solution : il doit partir pour l'Angleterre afin d'y régler quelque affaire et ils se marieront là-bas sans tapage !

Devenir comtesse Perregaux ? Jamais Marie n'a rien espéré de semblable. Elle serait l'une des premières dames de Paris au lieu d'en être la première courtisane ! Elle accepte, bien sûr, et, le 21 février 1846, Perregaux l'épouse devant le Register du comté de Middlesex. Assurément, le mariage n'est pas tout à fait régulier car les bans n'ont pas été publiés. En outre, il n'est pas valable en France mais ce que souhaite Édouard c'est parer les derniers mois de Marie d'une douce illusion, l'installer outre-Manche dans une somptueuse propriété où elle pourrait tenir son rang sans scandale et, peut-être, lui faire retrouver un peu de santé au bon air de la campagne anglaise. L'hiver, il propose de l'emmener au soleil de la Méditerranée et demander à l'amour de faire un miracle.

Hélas, Marie ne comprend pas, n'accepte pas. Ce qu'elle veut c'est vivre à Paris pour y reprendre une vie joyeuse et pourquoi pas paraître à la cour de Louis-Philippe ? Une courtisane chez le roi bourgeois ! Quelle folie !... Alors plantant là son époux, elle s'enfuit, rentre boulevard de la Madeleine et, avec une joie enfantine, fait peindre ses armes toutes neuves sur les portières de sa voiture.

Malheureusement le mal empire rapidement. Il faut quitter Paris et Marie, affolée, court de ville d'eaux en ville d'eaux cherchant à retenir cette vie qui la fuit. On la voit à Spa, à Ems où, prise peut-être d'un remords, elle écrit à Perregaux : « Pardonnez-moi, mon cher Édouard, je vous en prie à deux genoux. Si vous m'aimez assez pour cela, rien que deux mots : mon pardon et votre amitié. Écrivez-moi poste restante à Ems, duché de Nassau. Je suis seule ici et très malade. Donc, cher Édouard, vite mon pardon. Adieu... »

Elle ne recevra pas de réponse ; Perregaux voyage beaucoup et la lettre l'attendra longtemps. Plus malade que jamais elle regagne Paris puisque c'est le seul endroit où elle peut vivre encore et, durant quelques semaines, on la verra aux avant-scènes des théâtres et dans des fêtes où elle apparaît comme l'ombre d'elle-même. Elle est seule désormais et pour continuer à afficher le même train de vie, elle vend l'un après l'autre ses plus beaux bijoux. Le monde apparemment l'oublie...

Sauf peut-être un seul homme ! De Madrid, Alexandre Dumas fils lui écrit le 18 octobre. Il dit qu'il a reçu de mauvaises nouvelles par un ami, qu'il part pour Alger et lui demande de lui écrire poste restante là-bas pour lui dire si elle lui pardonne d'être parti... Il aime encore tellement que c'est lui qui s'accuse mais, lui non plus ne reçoit pas de réponse : Marie n'a plus la force ni même l'envie de lui écrire. Elle ne peut même plus sortir. Veillée par sa femme de chambre et par son amie Clémence Prat que son état désole, elle erre de son lit à sa chaise longue vêtue d'un peignoir blanc et la tête enveloppée d'un cachemire rouge. Elle ne dort plus et, souvent, la nuit, accoudée à sa fenêtre, elle regarde avec envie passer les gens qui sortent des théâtres et s'en vont souper.

Vient enfin le jour où elle ne peut plus se lever et où elle comprend que tout est fini. Clémence vient alors lui dire que son mari est là et qu'il demande à la voir mais elle refuse. Il l'a abandonnée quand elle appelait au secours et d'ailleurs ce mariage anglais n'était qu'une comédie. Il voulait l'obliger à vivre à l'étranger...

Désolé, Édouard se retire. Une heure plus tard, un fleuriste apporte un énorme, un gigantesque bouquet de camélias que Marie regarde à peine. Plus rien ne l'intéresse et elle souhaite seulement que ses souffrances prennent fin.

En dépit de ce qu'elle a dit à Clémence – « Je ne veux plus voir un seul homme ! » – elle en laisse cependant un approcher jusqu'à elle : le vicaire de la Madeleine qui vient la réconcilier avec Dieu. Étrange confession dont on prétend qu'elle se déroule tandis qu'au-dehors Paris fêtait le carnaval. C'est le 3 février 1847 que mourut Marie Duplessis, veillée seulement par sa femme de chambre et par Clémence Prat.

Mais deux jours plus tard, une foule énorme suivit le convoi funèbre. De tous ceux qui l'avaient aimée, deux hommes seulement étaient là : Édouard Perregaux et son ami Delessert. La débauche de camélias blancs qui neigeaient sur le char funèbre était leur œuvre commune. – Marie fut enterrée au cimetière Montmartre, dans le caveau provisoire d'abord puis dans celui que Perregaux fit élever pour elle.

Quant à Alexandre Dumas, ce fut en arrivant à Marseille qu'il apprit la nouvelle de cette mort et, quand il atteignit Paris ce fut pour assister à la vente publique des meubles et objets qui lui avaient appartenu. Là encore il y avait foule et Adet vit partir avec douleur, aux mains de femmes banales, les robes qui avaient paré si délicieusement Marie.

Poursuivi par le chagrin, un mois plus tard, il écrivait un roman – la pièce viendra ensuite – dédié à celle qu'il avait tant aimée. Ce fut *La Dame aux camélias*. Il l'écrivit d'un seul jet mais il ignorait alors, en dépit du succès immédiat, qu'il allait immortaliser aux yeux du monde entier, la pauvre, adorable et folle Marie Duplessis...

BLANCHE D'ANTIGNY

Modèle de Nana

Une enfance à la campagne

Dans les derniers jours du printemps 1868, les Parisiens habitués des Champs-Élysées et du bois de Boulogne ont pu contempler un spectacle aussi plaisant qu'inattendu : une rayonnante et fort élégante jeune femme se prélassant dans une étonnante voiture basse, pourvue de grandes roues et menée par une sorte de moujik coiffé d'astrakhan noir, botté de cuir et vêtu d'une tunique bouffante en satin jaune sur des culottes de velours noir. La voiture était laquée noir, les roues noir et or assorties aux coussins de velours de l'intérieur. Quant à la jeune femme elle arborait une immense crinoline tendue de dentelle noire et une large capeline, assortie absurdement abritée du soleil par une minuscule ombrelle à manche d'or. Et elle souriait à tout le monde.

Belle à ravir d'ailleurs avec un teint de lait, de grands yeux verts abrités de longs cils et une somptueuse chevelure abondante et dorée comme une moisson réussie.

Attelée de trois chevaux nerveux, l'étrange carrosse qui était un droschki russe, filait comme le vent mais pas assez vite cependant pour que certains élégants promeneurs, la première surprise passée, ne l'eussent reconnue. Et d'une monture à l'autre, d'une voiture à l'autre, son nom courut à sa suite comme une traînée de parfum :

– Mais c'est Blanche d'Antigny ? Elle est donc revenue de Russie ?

Et les cancans d'aller leur train, plus rapides encore que le droschki et tournant autour d'une seule question : s'agissait-il d'un simple séjour ou d'un retour définitif ? La belle Blanche avait-elle enfin rompu avec son prince russe ou venait-elle seulement faire le tour des couturières et des modistes ?

Pendant ce temps, la jeune femme se laissait emporter en fermant à demi les yeux pour mieux savourer cette vitesse qu'elle aimait. Parfois, quand elle saisissait un salut au passage, elle répondait d'un sourire mais refusait de s'arrêter : elle ne voulait pas qu'on lui gâchât cette première randonnée dans Paris car elle était infiniment heureuse d'y revenir, elle qui, pourtant l'avait quitté si allègrement quelques années plus tôt. Bien décidée d'ailleurs à n'y revenir que riche, très riche même ! À présent c'était chose faite grâce aux libéralités de son prince mais aussi aux présents fastueux de quelques autres messieurs, moins possessifs et tout aussi généreux.

La richesse ! Le diable seul savait à quel point elle en rêvait lorsqu'elle était toute jeune. À partir de sa dixième année. D'ailleurs, de sa petite enfance, elle ne gardait que des souvenirs pleins de fraîcheur qui avaient beaucoup contribué à lui forger un heureux caractère et une grande joie de vivre.

Cette enfance modeste Blanche l'avait passée à Martizay, un joli village de la Brenne où on ne la connaissait que sous son nom de baptême. Marie-Ernestine Antigny née en 1840. Son père était menuisier et sa mère, Florine, s'occupait de son ménage et de ses enfants car la future beauté – que nous continuerons d'appeler Blanche pour plus de commodité – était l'aînée de Jean, un garçon de deux ans plus jeune et d'Adélaïde, la toute petite qui avait huit ans de moins qu'elle.

Or, la naissance de cette petite fille fut marquée d'un sérieux avatar familial : tandis que Florine gisait encore sur son lit d'accouchée, son époux profitant de cette quasi-immobilité pliait bagages et s'en allait joyeusement exercer ses talents à Paris en compagnie d'une fille du village qui avait sut exploiter habilement l'indisponibilité de la future mère.

La réaction de l'épouse abandonnée fut immédiate : confiant ses trois petits à sa belle-sœur, la tante Radegonde, elle prit à son tour le chemin de Paris bien décidée à n'en revenir qu'en compagnie du fugitif.

Les enfants ne pâtirent nullement de son absence. Radegonde était une excellente femme qui adorait ses neveux et s'en occupa avec autant de tendresse que de sa propre fille Clarisse qui était la meilleure amie de Blanche. Et ce fut même une merveilleuse existence faite d'école buissonnière et de ces plaisirs infinis que les gamins point trop surveillés savent tirer de la campagne.

Au bout d'un moment, on eut tout de même des nouvelles des Antigny : à Paris, Florine avait bien retrouvé son Jean mais celui-ci refusait farouchement de reprendre la vie conjugale et de retourner à Martizay. En foi de quoi, fermement accrochée à son projet, Florine décida de rester sur place jusqu'à la victoire. En attendant, elle s'installa dans une chambre et travailla comme lingère.

Dans ces conditions, évidemment, il ne pouvait être question de faire venir les enfants mais, au bout de deux années, la mère finit tout de même par obtenir de Jean qu'il s'occupe un peu de ses trois petits :

– Il n'y a aucune raison que ce soit la femme de ton frère qui veille sur tes enfants, lui déclara-t-elle sans trop de logique et en oubliant absolument que les enfants en question étaient aussi les siens. Mais elle aimait cet homme et voulait à tout prix rentrer au village à son bras.

C'est malheureusement un drame qui décide l'époux volage à regagner Martizay : le petit Jean vient de mourir et le bébé Adélaïde, qui n'a guère que deux ans, n'est pas en très bonne santé. Alors, un beau matin, Antigny tombe comme la foudre chez Radegonde, récupère ses filles et les emmène à Paris sans presque leur laisser le temps de respirer. Puisqu'on l'exige il va s'en occuper mais comme cela lui convient.

Il y en a une, en tout cas, à qui cela ne convient pas. Blanche pleure comme une fontaine en quittant sa chère Clarisse, le grenier de la tante Radegonde où elles se faisaient des colliers de raisins secs et de petits oignons et les bords de la Claire où il faisait si bon flâner et regarder courir les nuages, couchées dans l'herbe en écoutant le cri des martins-pêcheurs. Et puis elle aimait bien sa tante qui chaque soir venait l'embrasser en bordant ses couvertures...

À Paris, cependant, une chance l'attend : parmi les nobles et riches clientes pour lesquelles travaille sa mère, il y en a une qui, séduite par son joli visage et sa gentillesse, décide de se charger de son éducation et la fait entrer, fastueusement, au très célèbre couvent des Oiseaux où elle va recevoir instruction et éducation. Blanche montre un goût prononcé pour la géographie, l'histoire sainte et le chant où elle fait preuve d'une jolie voix.

Peut-être fut-elle devenue institutrice dans quelque château si, sa protectrice venant à mourir d'une fluxion de poitrine, notre future vedette n'avait été contrainte de quitter l'aristocratique couvent où plus personne ne se souciait de payer pour elle. Elle n'en fut pas autrement désolée, préférant déjà le mouvement et la vie des rues et des magasins élégants de la capitale. D'ailleurs, grâce à la recommandation de la mère d'une camarade, Blanche Antigny entra comme vendeuse dans le très chic magasin de modes « À la châtelaine » qui tenait ses assises au n° 34 de la rue de Bac. Il y avait là de beaux magasins, bien approvisionnés, encore mieux fréquentés comme le fameux Petit Saint Thomas, nouveautés en tout genre et le confiseur Seugnot.

Sage vendeuse dans la journée, Blanche alors âgée de quinze ans ne voit aucune raison pour que ses soirées soient aussi austères et, le magasin fermé, elle s'en va danser au bal Mabille ou à la Closerie des lilas où elle remporte un vif succès : sa beauté blonde éclate d'autant mieux que la découverte de l'amour lui donne un éclat irrésistible. Les garçons se roulent littéralement à ses pieds et quelques élégants fêtards qui aiment assez fréquenter les grisettes ne tardent pas à trouver fort à leur goût cette ravissante fille qui n'a pas froid aux yeux. Elle a quelques amants et commence à cultiver l'élégance vestimentaire avec goût.

Est-ce en mesurant des dentelles ou en gambillant à la Closerie qu'elle fait, un jour, la conquête d'une sorte de nabab : le prince Paul Mesentsov, chef de la police du tsar Alexandre II qui prend feu pour elle et décide que si elle est faite pour la mode ce n'est certainement pas pour s'en occuper derrière un comptoir ! Et, sans autres explications, il l'extrait de la Châtelaine...

L'art de se faire jeter dehors

Comme il se doit en pareil cas, le prince Mesentsov qui sait ce que l'on doit à une jolie femme commence par installer Blanche dans un bel appartement au n° 1, rue des Écuries-d'Artois et à la couvrir de présents mais il ne tarde pas à l'enlever à ce petit paradis car son maître le réclame, il faut rentrer à Saint-Pétersbourg pour y assurer ses fonctions : continuer à veiller sur la vie du tsar. Or quitter Blanche lui semble une épreuve au-dessus de ses forces. Il la couvre de zibeline, de loutre et de renard et l'emmène avec lui en Russie. Blanche va faire connaissance avec l'existence fastueuse quoiqu'un peu dépravée des grands seigneurs russes.

Tout de même, le temps passant, Blanche commence à se lasser de la Russie, de ses neiges, de son froid et de la vie fastueuse mais épuisante qu'elle y mène. On se lasse de tout même lorsque l'on vous couvre de diamants et qu'à la fin de joyeuses orgies, on se fait arroser de champagne sur un lit de pétales de roses. Seulement, il y a un inconvénient : le prince Mesentsov n'a aucune envie de se séparer d'une maîtresse dont il est fier, que tous lui envient et dont il est, de surcroît, de plus en plus amoureux. Néanmoins,

Blanche d'Antigny – elle s'est ajouté depuis un moment une décorative particule – n'est pas femme à se laisser tenir sous le joug : elle a décidé de quitter l'empire des tsars et elle entend y parvenir envers et contre tout ! Pour cela, une seule solution : il faut obliger son amant à la laisser partir. Blanche, après en avoir mûrement réfléchi, en vient à prendre un parti assez machiavélique mais qui ne manque pas tout de même d'un certain courage, l'issue étant bien incertaine.

Elle est invitée, un soir, à un gala de l'Opéra de Saint-Pétersbourg auquel doit assister l'Impératrice. Blanche, alors, soudoie à prix d'or les couturières de la souveraine pour se faire confectionner une toilette exactement semblable à celle que Maria Alexandrovna portera ce soir-là. Et, ainsi habillée, elle se rend au théâtre.

Inutile de dire qu'elle n'y restera pas longtemps. À peine s'est-on rendu compte de la similitude de toilettes qu'un chambellan rouge d'indignation vient prier la jeune femme de vouloir bien considérer qu'un malaise subit l'oblige à rentrer chez elle dans les plus brefs délais. Et, dès le lendemain, un ordre d'expulsion parvient chez le malheureux chef de la police désespéré : Blanche, sa Blanche a quarante-huit heures pour repartir vers son pays de révolutionnaires. Mais c'est d'un pas léger, avec quelques larmes de crocodile que la jeune femme, emportant tous ses bijoux et les regrets éternels de Mesentsov, reprend le chemin qui, à travers la Prusse, va la ramener dans son cher Paris, ce Paris où elle vient d'effectuer, sur les Champs-Élysées, une rentrée tellement remarquée.

Tout de suite son succès va être complet : on se l'arrache. Sur la recommandation d'un de ses nombreux amants – et Dieu sait si elle en a, et tous plus riches les uns que les autres, elle débute le 6 juillet 1868 aux Bouffes-Parisiens dans la reprise d'une œuvrette de Jacques Offenbach intitulée *Le Château à Toto*. De là, elle passe au théâtre du Palais-Royal où elle joue *Mimi Bamboche*, une autre œuvre d'une grande élévation morale mais dont le surnom lui restera. Enfin, le 25 octobre de la même année, elle débute aux Folies-Dramatiques dans *Chilpéric* rôle de Frédégonde, une Frédégonde court vêtue et fort décolletée mais portant pour deux cent mille francs de bijoux.

C'est presque la gloire. Au point d'inquiéter un instant la reine de l'opérette, l'inégalable Hortense Schneider. Sans suite d'ailleurs. Blanche était trop bonne fille et n'aimait pas se faire des ennemis parmi ses camarades ou le personnel des théâtres. Il lui suffisait de ruiner proprement tous ceux qu'attirait sa chair opulente et sa merveilleuse blondeur.

Le 21 janvier 1869 marque, dans la vie de Blanche d'Antigny une date qui n'a rien à voir avec l'anniversaire de la mort de Louis XVI : ce soir-là, elle inaugure le magnifique hôtel particulier qu'elle s'est fait offrir rue Lord-Byron, au coin de l'avenue Friedland, un hôtel dont on se répète à l'envi les merveilles. Par exemple, la seule chambre à coucher renferme pour cinquante-cinq mille francs (or !) de dentelles et de tapis entre ses murs tendus de satin bleu turquoise.

La pendaison de crémaillère est une débauche de luxe : des laquais en habits à la française forment une double haie dans le vestibule décoré de précieuses tapisseries. Un treillage doré tout garni de lilas blanc recouvre les murs des salons, de la salle à manger et de l'escalier. Quant à la table du festin, elle étincelle d'or, d'argent et de cristaux disposés autour d'un énorme samovar d'or massif hérissé de fleurs. Les convives sont composés des hommes les plus en vue et des plus célèbres courtisanes.

Pourtant, au milieu de ce luxe effréné et de tous ces hommes qui se ruinent pour elle, Blanche garde au fond de son cœur une petite fleur bleue, une romance discrète, mélancolique et même pitoyable : l'amour qu'elle porte à l'un de ses camarades de théâtre, le jeune Pierre Luce qui lui voue une adoration sans borne.

C'est un garçon doux, timide... et très malade car il est miné par la tuberculose. Mais il est le seul au milieu de tous ces hommes plus beaux et plus riches que lui à avoir su éveiller une tendresse dans le cœur de la chanteuse, un sentiment pur, dépouillé, fait d'un amour un peu maternel et de tout ce que sa vie insensée n'a jamais permis à Blanche d'exprimer.

Quand Luce meurt, dans les débuts de la guerre de 1870, Blanche, en larmes, s'en va trouver le caissier de son théâtre pour lui demander de lui avancer 150 francs sur ses cachets.

L'homme s'étonne, s'indigne même, hausse les épaules puis désignant les boucles d'oreilles en diamants qu'elle porte :

– Besoin d'argent, vous ? Et d'une si petite somme ? Mais avec un seul de vos diamants vous aurez dix mille francs tout de suite.

– Je sais... mais c'est pour Pierre. Je ne veux payer les fleurs de sa tombe qu'avec de l'argent honnêtement gagné.

Elle eut ses cent cinquante francs et Pierre Luce les lilas blancs qu'il aimait.

Cependant, cet unique amour va laisser des traces redoutables, ineffaçables à cette époque. Au contact du jeune malade, Blanche à son tour contracte la tuberculose qui va la détruire peu à peu.

La guerre terminée, elle fait quelques tournées, une saison à Londres en 1872 mais qui lui est funeste et dont elle essaie de corriger les effets par un voyage en Égypte. Elle compte sur le soleil pour lui rendre sa belle santé d'autrefois. Si belle, si fraîche, si rose, si ronde, si blonde, elle maigrit et voit avec horreur se creuser ses joues, se plomber son joli teint. Le séjour d'Alexandrie n'arrange rien. En outre, elle doit y faire face à une cabale orchestrée par un riche Égyptien qu'elle a repoussé.

Dégoûtée des voyages, épuisée aussi, elle regagne Paris qu'elle aime toujours plus que tout autre endroit au monde et s'installe à l'hôtel du Louvre. C'est là que la mort va interrompre la course folle d'une destinée vouée tout entière à la gaieté et au plaisir.

Le 27 juin 1874 meurt Blanche d'Antigny... munie des sacrements de l'Église, à trente-quatre ans et c'est au cimetière du Père-Lachaise qu'est enterrée cette femme dont la vie tumultueuse va inspirer à Émile Zola sa scandaleuse et redoutable Nana. Une Nana pas tout à fait fidèle à son modèle car, même si elle le cachait bien, Blanche d'Antigny, elle, possédait un cœur.

LA « DU BARRY »

Un mariage à la sauvette...

Être la fille naturelle d'une couturière en chambre et d'un moine plus ou moins en rupture de couvent n'a jamais été une bonne carte de visite pour faire carrière dans la société. C'est cependant le lot de la jeune Jeanne Bécu lorsqu'elle naît à Vaucouleurs le 10 août 1743. En religion son père porte le nom séraphique de Frère Ange, ce qui donne à penser, mais ce père essentiellement épisodique se nommait fort honorablement Jean-Baptiste Gomard de Vaubernier.

Néanmoins, le ciel compatissant eut la bonne idée de doter Jeanne d'une beauté qui éclata aux yeux de tous dès ses premières années, une beauté qui allait grandir avec elle et la doter finalement de cet éclat rayonnant auquel bien peu d'hommes purent résister.

Si peu séraphique qu'il ait pu être, Frère Ange a néanmoins rempli ses devoirs envers sa fille en lui faisant donner, chez les dames de Sainte-Anne, une éducation susceptible de lui permettre de paraître en compagnie. Au point qu'à sa sortie, la jeune Jeanne est engagée comme demoiselle « pour accompagner » chez une veuve suffisamment noble pour avoir souhaité que son nom ne soit pas mentionné dans la suite éclatante d'une carrière galante qu'elle ne pouvait approuver.

Pas plus qu'elle n'acceptait d'ailleurs les nettes tendances de sa protégée pour l'amour libre. Un beau matin, Jeanne se retrouve sur le pavé ce qui lui permet d'entrer comme « demoiselle de magasin » chez Labille, rue Neuve-des-Petits-Champs. Une maison de mode pleine de dentelles, de soieries et de rubans dont la jeune fille fut bientôt le plus joli des ornements. Et quels ornements : dire qu'elle était blonde c'est faire tort à l'éclat d'une foisonnante chevelure dorée. Sa peau était de nacre rose, ses yeux immenses et d'un bleu foncé dont la nuance changeait suivant les circonstances. Quant à son corps, le plus exigeant des statuaires grecs n'aurait pu en trouver de plus parfait, de plus tendre et de plus soyeux.

Un corps dont elle n'est pas avare. L'un de ses amants la conduit dans une maison de jeux où elle va rencontrer celui que l'on pourrait appeler l'homme de sa vie car c'est son astuce qui va propulser cette petite vie modeste et encore cachée jusqu'au firmament de Versailles : il se nomme Jean, comte Du Barry mais on le connaît mieux, dans les endroits où l'on s'amuse sous le sobriquet du « Roué ». Car, roué, il l'est comme personne.... Mis en présence de Jeanne, il a tôt fait de sentir qu'elle peut aller très loin. Alors il commence par mettre, sur elle, ce que l'on pourrait appeler une option sous forme de la lettre suivante : « Ma belle demoiselle, venez demeurer avec moi. Vous serez d'abord la maîtresse de mon cœur ; en cette qualité la souveraine de mon hôtel où vous commanderez à tous mes gens qui seront désormais les vôtres. Vous paraîtrez sur un ton imposant. Vous ne manquerez ni de robes ni de diamants. Je tiens chez moi, une fois par semaine, une assemblée brillante. Vous en ferez l'honneur ; vous recevrez les vœux et les adorations de ceux qui vous approcheront. Je vous instruirai de la manière dont il faudra vous conduire pour bien mener votre barque... »

Sous le nom de Mlle Lange – agréable retour au nom religieux de son père, Jeanne fera dignement les honneurs de cette maison où tous les hommes se la disputent. En vain d'ailleurs car Jean Du Barry vise beaucoup plus haut qu'une poignée de libertins : il pense au Roi.

En cette année, Louis XV est entré dans sa soixantième année. La mort de la marquise de Pompadour l'a laissé désemparé et, à la Cour, la compétition est ouverte à qui lui procurera une nouvelle maîtresse. De tout cela, Jean Du Barry n'ignore rien et moins encore que l'homme le mieux à même d'ouvrir devant Jeanne les portes de l'alcôve royale c'est Lebel, valet de chambre et confident du Roi. Celui-ci, invité à souper et mis en présence de Jeanne, est tout de suite ébloui. Au récit qu'il en fait, Louis XV est plus qu'intéressé : il désire voir cette ravissante créature le plus vite possible. Il s'enflamme même tellement que le vieux maréchal de Richelieu, l'homme aux mille maîtresses, lui demande si un nouvel astre va se lever bientôt sur Versailles :

– Attendez qu'il se couche ! chuchote Jean Du Barry qui a entendu.

Ce qui se produit très vite à la satisfaction absolue du Roi et aussi de Jeanne car il faut bien dire que même à l'âge qu'il avait atteint Louis XV demeurait un fort bel homme et gardait beaucoup de charme. L'aventure rapide avec « la comtesse du Barry » – car Jeanne avait été présentée comme l'épouse du Roué – se mit à tourner à l'histoire d'amour et le Roi de déclarer qu'il entend présenter « la comtesse » à la Cour. D'où embarras des conspirateurs. On ne plaisante pas avec Louis XV et il faut bien en venir à lui avouer la vérité : Jeanne n'est pas mariée du tout.

– Tant pis, dit le Roi, mais qu'on la marie promptement.

Avec qui ? Du Barry, lui, est déjà marié sinon il se serait fait un plaisir mais quand on est le Roué on a plus d'un tour dans son sac et, en particulier, il a un frère, Guillaume, qui lui est toujours célibataire. Et voilà notre homme chevauchant éperdument sur les routes de France pour gagner Lévignac, près de Toulouse où vivent les siens – plutôt chichement – dans une manière de château. Il leur tombe dessus comme la foudre : il faut qu'avant un mois Guillaume ait fait une vraie comtesse Du Barry de la ravissante Jeanne Bécu. Pour arranger un peu les choses il a ajouté à ce nom sans éclat celui de Vaubernier, nom du Frère Ange – qui, au moins, a une particule.

Les cris d'horreur de la mère, des sœurs et de l'intéressé s'apaisent assez vite quand Jean fait miroiter la montagne d'or qui ne saurait manquer de s'écrouler sur la famille. Bien sûr – et il le précise sévèrement – il ne peut s'agir que d'un mariage blanc.

Deux jours plus tard, Jean reprenait le chemin de Paris accompagné de ses deux sœurs, Chon et Bischi, qui allaient avoir désormais pour tâche de veiller sur la précieuse Jeanne. Pendant ce temps celle-ci attendait paisiblement à Versailles, cachée dans l'appartement de Lebel.

Le 1er septembre « à cinq heures du matin » et dans l'église Saint-Laurent à Paris, très haut et puissant seigneur, messire Guillaume, comte Du Barry, épousait demoiselle Jeanne Becu « de Vaubernier » en présence de témoins qui ne connaissaient pas les époux, de Jean du Barry et, par Dieu sait quel miracle, de Jean-Baptiste Gomard de Vaubernier, père de la mariée. Les époux se séparèrent à l'issue de la cérémonie sans espoir de se revoir jamais – au grand regret de Guillaume mais ceci est une autre histoire. Il eut tout juste le droit de poser un baiser sur le ravissant visage de la nouvelle comtesse qui, nantie d'un vieux et très noble nom, pouvait très légitimement espérer être présentée au Roi et à Mesdames ses sœurs.

En apparence, une présentation donne l'impression d'être une chose fort simple mais en réalité et, s'agissant de ce que la moitié de la Cour appelait « une fille des rues », c'était beaucoup plus difficile qu'un vain peuple pourrait l'imaginer. Et la présence récente à Versailles de la jeune archiduchesse Marie-Antoinette d'Autriche, tout nouvellement mariée au dauphin Louis, n'arrangeait rien. Présenter l'ex-Jeanne Bécu à la fille de l'impératrice Marie-Thérèse, à la future reine de France était proprement impensable. D'autant plus que la Dauphine était à présent le centre d'une cabale orchestrée par le ministre Choiseul et la maréchale de Mirepoix.

D'abord il fallait trouver une « marraine » et ce fut tout une histoire. On dénicha finalement, au fond de la Gascogne, une comtesse de Béarn, descendant des comtes de Foix et d'un sang aussi illustre que celui des Bourbons qui, moyennant 100 000 livres, le paiement de ses dettes et le gain d'un procès, accepta de mener par la main la maîtresse du Roi à travers les salons de Versailles. Quant à la Dauphine, Louis XV, à force de cajoleries, réussit à obtenir qu'elle adresserait la parole à la nouvelle venue. Ces paroles demeurées historiques et d'une haute portée intellectuelles furent :

– Il y a beaucoup de monde ce soir à Versailles...

En échange de quoi la princesse reçut une profonde révérence. C'était le 22 avril 1769. Durant cinq ans, presque jour pour jour, l'ancienne maîtresse du Roué, la vendeuse de frivolités, la fille facile d'un salon de jeux va être reine de France ou peu s'en faut. Son royal amant commandera pour elle un fabuleux collier de diamants qu'il n'aura pas le temps de lui offrir mais qui sera la cause d'un terrible scandale dont la boue s'en ira battre les marches du trône.

Encore un petit moment, Monsieur le bourreau !

Au matin du 28 avril 1774, alors que le jour vient à peine de faire revivre les marbres roses du Grand Trianon, le valet de chambre du Roi qui sommeille dans l'antichambre est brusquement réveillé par Mme Du Barry qui se penche sur lui, les cheveux défaits, en vêtements de nuit, les traits tirés par la fatigue et aussi blanche que ses dentelles : le Roi est malade, gravement malade. Il faut ses médecins et tout de suite !

Le diagnostic est vite fait : Louis XV a contracté la petite vérole et ses jours sont si gravement en danger que le médecin ne cache pas son sentiment · « Sire ! C'est à Versailles qu'il faut être malade... » Ce qui est limpide : un roi de France ne saurait mourir dans sa maison de campagne.

Jeanne pourrait, devrait s'éloigner tout de suite car la contagion est grande mais elle s'y refuse avec une belle crânerie et c'est en tenant dans les siennes la main brûlante de fièvre qu'elle ramènera le Roi chez lui et, durant plusieurs jours, elle va rester à son chevet. Une rude épreuve : le corps de Louis XV dégage une odeur affreuse et donne l'impression qu'il pourrit vivant. De fait, la mort approche et, dans la soirée du 3 mai, il fait ses adieux à Jeanne qui doit quitter le palais avant que n'y entre le Saint Sacrement porté par l'archevêque de Paris :

– Adieu, Jeanne !... Je vous ai beaucoup aimée...

L'agonie du Roi, une épouvantable agonie supportée avec un rare courage – « C'est la mort la plus ferme et le plus grand triomphe que j'aie vu ! » dira plus tard le duc de Croÿ – la jeune femme ne la verra pas et quand, le 10 mai, il rend le dernier soupir, elle quitte Rueil où l'avait accueillie la duchesse d'Aiguillon pour l'abbaye de Pont-aux-Dames tandis que Jean Du Barry est jeté à la Bastille : la prison pour l'un comme pour l'autre... Cependant, la nouvelle reine de France écrit à sa mère : « La créature est mise au couvent et tout ce qui porte ce nom de scandale est chassé de la Cour. » Ce qui vaudra d'ailleurs de la part de l'impératrice d'Autriche une verte mercuriale : la mansuétude et la compassion sont des vertus qu'il convient de pratiquer lorsque l'on est reine de France.

Jeanne va rester « exilée » durant un an et demi : d'abord au couvent où elle va séduire tout le monde puis au château de Saint-Vrain qu'on lui a permis d'acheter. Mais ce qu'elle regrette surtout c'est sa maison de Louveciennes que Louis XV avait fait construire pour elle. Elle demandera humblement la permission d'y retourner et, vers la fin de 1776, elle reçoit du ministre Maurepas, la lettre que voici :

« Votre douceur, la réserve que vous avez gardée dans la disgrâce vous ont donné le droit à une auguste indulgence. Vous pouvez demeurer à Louveciennes et être libre d'aller à Paris... »

On devine sa joie, d'autant que, peu à peu les anciens amis revenaient vers elle. D'autres vinrent, des curieux bien sûr, vite conquis par la grâce et la décence de l'ancienne favorite et il fut bientôt de bon ton de rendre visite à Mme Du Barry qui ne cessait d'ailleurs de manifester des sentiments de profond loyalisme envers Louis XVI et Marie-Antoinette.

L'apothéose vint quand l'empereur d'Autriche, Joseph II, frère de la Reine, s'annonça un soir chez elle : « La beauté sera toujours reine... » lui dit-il galamment en s'inclinant sur sa main.

Jeanne connut peu après une grande période de bonheur. Après l'amitié vint l'amour apporté d'abord par un voisin, lord Seymour mais il était marié et le roman tourna court. D'ailleurs, le cœur de Jeanne penchait à présent vers une ancienne connaissance : le duc de Brissac, colonel des Cent-Suisses, qui avait été jadis son voisin à Versailles et qui, au moment de sa disgrâce avait fait partie des rares visiteurs de Saint-Vrain. Le Roi venait de faire de lui le gouverneur de Paris. Il avait vingt ans de plus que Jeanne mais la passion qui éclata entre eux allait durer jusqu'à la fin de leur vie.

Malgré le mal extrême qu'ils se donnèrent dans les débuts pour préserver les apparences, leur secret fut bientôt celui de Polichinelle. Peu à peu, ils se cachèrent moins, quand elle venait à Paris la comtesse descendait tout bonnement rue de Grenelle chez son amant. Le besoin qu'ils avaient l'un de l'autre semblait grandir chaque jour comme s'ils pressentaient que le temps leur était compté.

Les relations de Jeanne avec Versailles avaient beaucoup changé. La cible favorite des pamphlétaires c'était à présent Marie-Antoinette et non plus la Du Barry. Cette circonstance avait appris l'indulgence à la souveraine. La comtesse l'en payera par un entier dévouement et c'est ainsi qu'après l'assaut de Versailles, en octobre 1789, c'est à Louveciennes que furent recueillis et soignés les gardes du corps blessés au service du Roi.

C'était prendre délibérément sa part des mauvais jours. Une nuit de 1791, alors que la comtesse était à Paris, Louveciennes fut cambriolé par trois malfaiteurs dont l'un était un ancien valet. Tous les bijoux furent volés et Dieu sait si Louis XV avait été généreux ! Chose étrange d'ailleurs, ce vol attira sur sa victime le ressentiment populaire grâce à la maladresse d'un joaillier qui, dans l'espoir fallacieux de retrouver le trésor, ne trouva rien de mieux que d'en publier une trop exacte description.

Malgré la récompense offerte de deux mille louis d'or à qui permettrait de retrouver les joyaux, ce fut un tollé. Les folliculaires parisiens traînèrent l'ancienne favorite dans la boue et l'austère Saint-Just se déchaîna contre « l'infâme Messaline ». Mme Du Barry quitta alors la France pour l'Angleterre à la suite de la visite d'un agent anglais, un certain Parker Forth venu l'avertir que certains de ses bijoux avaient été présentés à un joaillier londonien. Il fallait qu'elle aille les reconnaître.

En pleine Révolution, elle effectue alors plusieurs voyages outre-Manche sans grand espoir cependant de retrouver son bien car la loi anglaise ne permettait pas de poursuivre un coupable pour un délit commis hors du territoire national, mais en fait l'affaire du vol n'était qu'un prétexte et il est certain qu'alors Jeanne assuma le dangereux rôle d'agent secret au service du Roi. Ses voleurs avaient été arrêtés mais ses bijoux étaient sous séquestre et elle ne pouvait obtenir qu'on les lui rendît. Saluons l'honnêteté anglaise !

Par Forth, elle était entrée en contact avec d'autres agents et certains émigrés mais il semblerait qu'elle ait surtout servi d'intermédiaire et de courrier. Évidemment, la sagesse eût commandé qu'elle ne revînt pas en France et restât à l'abri mais elle ne pouvait se passer de Louis de Brissac ni de sa chère maison de Louveciennes.

C'est dans cette demeure qu'elle aimait tant qu'un jour abominable de l'été 1792, des émeutiers vinrent jeter à ses pieds la tête fraîchement tranchée de son amant. C'est là enfin où, bien que la maison eût été mise sous séquestre, elle ne put s'empêcher de revenir encore et elle fut arrêtée après avoir été dénoncée par Zamore, le négrillon qu'elle avait élevé et gardé longtemps auprès d'elle. On la conduisit à la prison de la Force, le 22 septembre 1793 et, naturellement, elle fut condamnée à mort.

Sa fin fut atroce. Cette jolie femme si bien faite pour les joies de la vie et qui avait su montrer un tel courage en face de l'horrible maladie qui allait emporter Louis XV, tant de constance dans l'adversité et tant de vaillance dans le dangereux rôle d'agent secret qu'elle avait assumé, craqua brutalement en face de la hideuse machine que battaient les éclats d'une féroce joie populacière. Il fallut la hisser sur l'échafaud, la traîner hurlante jusqu'à la guillotine cependant qu'elle ne cessait d'implorer :

– Encore un petit moment, Monsieur le bourreau, rien qu'un petit moment !...

Comme si un bourreau pouvait se laisser attendrir par les larmes d'une femme éperdue. Un instant plus tard, cette tête encore ravissante tombait. C'était le 8 décembre 1793. La Reine était morte depuis près de deux mois...

CATHERINE Ire

Impératrice de toutes les Russies...

La servante du pasteur

En juillet 1702, la longue guerre qui oppose le tsar Pierre Ier au roi de Suède Charles XII bat son plein. Il faut dire que les chefs sont de valeur : Pierre, à trente ans tout juste, est déjà le Grand. Quant à son adversaire, on l'a surnommé l'Alexandre du Nord et les combats sont d'une rare intensité avec des fortunes diverses. C'est ainsi qu'au nord de la Pologne la puissante ville de Marienbourg, jadis fief des chevaliers teutoniques vient de tomber aux mains des Russes que commande le prince Cheremetiev.

Le commandant suédois de la forteresse décide alors de se faire sauter avec toute la garnison et il autorise ceux des habitants qui le souhaitent à quitter la ville avant que la citadelle ne flambe. Beaucoup d'entre eux, craignant d'être ensevelis sous les décombres, profitent de la permission. L'une des notabilités, le pasteur Glück, est parmi eux. Accompagné de sa famille et de sa servante chargée de tout ce que l'on a pu emporter, il se hâte vers les avant-postes russes où, naturellement, ils se font arrêter.

Les Kalmouks, dans les bras desquels ils se sont jetés à l'aveuglette, n'ont rien de rassurant mais le pasteur parle plusieurs langues et leurs officiers pensent qu'il peut être utile comme interprète, d'autant qu'il propose ses services avec beaucoup d'amabilité. On le conduit donc, avec sa troupe, devant le vieux maréchal Cheremetiev qui, désireux d'utiliser aussitôt les compétences de l'homme de Dieu, l'embauche séance tenante mais c'est pour l'envoyer à Moscou où, avec toute sa famille, il ira rejoindre le faubourg allemand.

Avec sa famille mais pas avec sa servante. De celle-ci, on ne sait pas exactement comment elle s'appelle : peut-être Hélène-Catherine, peut-être Marie ou même Marthe Skavronska et peut-être lui a-t-on donné au baptême les quatre prénoms. Ce qui est sûr c'est qu'elle est une grande et belle fille blonde de dix-sept ans, plantureuse à souhait avec un visage rond au nez retroussé et de grands yeux bleus, un peu ronds eux aussi. Tout à fait le type susceptible d'émouvoir les militaires. D'ailleurs, quand le pasteur et les siens comparaissent devant le maréchal, elle n'est pas avec eux. Pas tout de suite tout au moins car, à peine arrivée, elle a été confisquée immédiatement par un dragon nommé Démine qui n'a pas perdu une seconde pour la jeter sur sa paillasse sans d'ailleurs soulever autrement de protestations. D'abord parce que c'est une fille douée d'un sang-froid remarquable, ensuite parce qu'à ce sang-froid se joint paradoxalement un tempérament que l'on peut qualifier de volcanique. Et puis, ce n'est pas la première fois que ce genre d'aventure lui arrive.

Née en Livonie de parents polonais et calvinistes, Catherine – mieux vaut lui donner dès à présent ce nom ! – était fille de ferme quand éclata la guerre russo-suédoise. Il est passé sur sa petite patrie bon nombre de soldats des deux nationalités sans oublier les Polonais. Quelques-uns sont passés aussi sur la jeune fille. Elle a même eu tant de succès auprès de la troupe qu'il a été question, un temps, d'en faire la pensionnaire d'un bordel militaire. Elle y a échappé grâce au sens commercial d'un dragon suédois nommé Johann Rabe. Celui-ci l'a épousée mais dans le seul but de la vendre plus commodément et à son seul profit à un Livonien dont l'Histoire n'a pas retenu le nom. Tout ce qu'on en sait est qu'il l'a obligée à se prostituer et que, naturellement, il encaissait les gains.

Un engagement contre les Russes a délivré Catherine de ce protecteur encombrant et, peu désireuse de tomber dans les mains d'un autre amateur éclairé, elle s'est enfuie à Marienbourg où elle est entrée au service du pasteur Glück. Un engagement que celui-ci ne regrettera jamais : il a, en effet, trouvé une perle. Celle que l'on appellera bientôt « la plus belle fille de Marienbourg » s'entend comme personne au soin des enfants, à la cuisine, au lavage et surtout au repassage des chemises. Elle travaille si bien que le pasteur lui confie l'économat de la maison et la marie à un trompette suédois nommé Kruse.

L'explosion de la forteresse en fait une veuve : le trompette est parti en fumée. Sans lui causer d'ailleurs une peine immense car elle l'a peu connu. Aussi s'apprête-t-elle à servir son nouveau compagnon comme elle a servi les précédents lorsqu'elle est appelée à comparaître devant le maréchal-prince Cheremetiev.

À la vue de cette fraîche jeunesse, le vieux militaire a senti se réveiller des instincts un peu assoupis. Elle est juste ce qu'il faut pour réchauffer les longues nuits d'hiver et, sans autre forme de procès, il l'enlève au dragon. Néanmoins, il s'en lasse assez vite, la jugeant tout de même un peu trop rustique pour un homme aux goûts raffinés et c'est alors qu'apparaît l'homme du destin : Alexandre Mentchikov, intime ami du tsar et grand amateur de beautés plantureuses : il récupère Catherine et l'installe auprès de lui avec un statut de favorite officielle. Il est beaucoup plus jeune que Cheremetiev, plus séduisant aussi et la jeune femme ne demande qu'une chose : que cela dure ! Toute sa vie, d'ailleurs, elle gardera pour lui un certain penchant et, beaucoup plus tard, devenue impératrice et toute-puissante, elle en fera son Premier ministre... et son favori.

Or, un soir, le tsar Pierre arrive au camp et, naturellement, il vient souper chez son ami. Celui-ci met les petits plats dans les grands et Catherine veille au service de table sans paraître remarquer que les yeux noirs du maître la suivent avec attention, qu'il se penche parfois pour parler bas à l'oreille du prince et que tous deux rient. Mais, bientôt, il s'adresse directement à la jeune femme, lui parle, la questionne : « Il lui trouva de l'esprit, écrit l'un de ses aides de camp et termina son badinage avec elle en disant qu'il fallait, lorsqu'il irait se coucher, qu'elle portât le flambeau dans sa chambre... »

On ne saurait être plus clair et d'ailleurs l'idée ne viendrait même pas à Catherine d'élever la plus petite objection. Pierre est le tsar ! En outre, il est plutôt beau garçon : le cheveu noir, l'œil noir et le muscle solide, il est taillé comme un roc et mesure environ deux mètres. Il aime passionnément le combat, la dépense physique au grand air, le vin et les femmes. Celle-là lui plaît et, le flambeau une fois déposé, il va la garder toute la nuit. Catherine, dès le lendemain, se partagera entre lui et Mentchikov qui est d'ailleurs habitué à cette dualité d'un genre un peu particulier mais, cette fois, il devra faire contre mauvaise fortune bon cœur car il aime vraiment sa maîtresse.

Le temps du partage durera peu. Cette femme que rien n'étonne, qui sait garder sa bonne humeur en toutes circonstances, qui se montre aussi ardente au lit qu'à table, qui ne craint ni la dure ni la fatigue, c'est exactement celle qu'il faut à Pierre. Depuis quatre ans, son épouse, la belle mais trop timide Eudoxie Feodorovna, de noble naissance mais trop pieuse, trop attachée aux anciennes coutumes dont Pierre a pris l'horreur, expie au couvent de Souzdal un complot des strelitz dont elle ne savait rien mais qui offrait à son époux un prétexte commode pour la répudier et l'enfermer dans un cloître. Bien sûr, les femmes ne manquent pas au tsar mais cette Catherine, qu'il appelle « Katinka » il ne veut plus s'en séparer.

Au moment de quitter le camp, il se contente de dire à Mentchikov qu'il l'emmène avec lui. En échange, il lui laisse l'entière disposition d'une de leurs communes maîtresses, Daria Arsenievna, qu'il lui conseille d'ailleurs d'épouser. Il faudra bien que Mentchikov s'en contente.

Et voilà « Katinka » partie pour Moscou en compagnie de son tsar qui l'installe chez une veuve de bonne famille pourvue d'une maison agréable mais discrète et où il pourra venir la voir aussi souvent qu'il le voudra.

Ce sera « très » souvent. Petit à petit, le terrible Pierre s'attache à cette belle fille toujours paisible, toujours gaie, toujours compréhensive et qui sait si bien, comme le faisait jadis sa mère Nathalie, apaiser les affreuses crises d'angoisses et les attaques d'épilepsie dont il souffre depuis l'enfance rien qu'en le prenant dans ses bras et en appuyant sa tête contre sa généreuse poitrine.

En outre, elle est pleine de bon sens, cette ancienne servante si durement malmenée par la vie et qui cependant n'a jamais cessé de l'aimer et de lui faire confiance. Et quand il doit la quitter pour le combat, c'est toujours à contrecœur. Ainsi, tandis qu'il assiège Poltava, il ne peut s'empêcher de lui écrire : « C'est triste sans toi et mon linge est mal tenu... » Pourtant, le temps a coulé car le siège de Poltava se situe en 1709, sept ans après Marienbourg, et même Catherine et Pierre sont mariés depuis deux ans. Secrètement car ils doivent toujours se considérer comme mariés, chacun de son côté et les quatre enfants qu'ils ont déjà n'ont droit qu'au titre de bâtards....

Promenade autour d'un échafaud...

Au reçu de cette lettre où Pierre se plaint de son absence, Catherine n'hésite même pas. Bien qu'enceinte pour la cinquième fois, elle court, elle galope vers Poltava et, jusqu'à l'éclatante victoire finale, elle participera joyeusement, généreusement à la vie du camp. Se rappelant qu'elle a été, un moment, cantinière, elle aidera Pierre de toutes ses forces à maintenir le moral des troupes. L'enfant qu'elle mettra au monde à Ismaïlovo, le 29 décembre 1709 retirera de ces galopades une santé suffisamment solide pour devenir un jour l'impératrice Élisabeth Ire. Des quatre enfants qui l'ont précédée, trois sont déjà morts. Seule reste sa sœur Anna née en 1708. Quant aux huit qui viendront après elle, car « Katinka » donnera douze enfants à

Pierre, tous mourront jeunes. Ajoutons que le mariage de leurs parents célébré secrètement dans l'église de la Sainte-Trinité ne sera validé qu'en 1712.

Un couple donc ! Parfait, solide, sans failles ! En Catherine, Pierre a une confiance absolue, telle qu'en 1717, lorsqu'il part pour la France où il sera en mai, il la laisse en Russie sans crainte aucune. Mais que de drames vécus côte à côte dont le plus tragique sera le procès du tsarévitch Alexis, fils d'Eudoxie et qui, terrifié par son père, prend la fuite chez l'empereur d'Autriche. Ramené et condamné à mourir sous le fouet, le jeune homme expire le 7 juillet 1718 dans sa prison de la forteresse Pierre-et-Paul où son père, lui-même, aurait procédé à l'exécution.

Pierre est cruel, sanguinaire, impitoyable, pourtant Catherine n'en a pas peur peut-être parce qu'elle admire la grandeur de cet homme attaché férocement à tirer son pays de l'ornière médiévale où il croupissait.

Il atteint au sommet de la gloire, concluant avec la Suède une paix plus qu'avantageuse lui assurant un large territoire sur la Baltique, cette Baltique aux rives de laquelle il a fondé Saint-Pétersbourg à grand renfort de sueur et de sang versés par ses sujets. En 1721, il reçoit les titres d'Empereur de toutes les Russies, de Père de la Patrie et il devient Pierre le Grand pour l'Europe entière. Six mois plus tard, le 7 mai 1722 il sacre lui-même Catherine impératrice dans la cathédrale de l'Assomption et pose de sa propre main la couronne sur la tête de l'ancienne servante. C'est l'apothéose mais des jours noirs se préparent.

D'abord la santé du tsar s'altère. Il n'a jamais cessé ses orgies dans ce faubourg allemand de Moscou qu'il a tant fréquenté dans sa jeunesse. Et puis vient le drame intime : au mois de novembre 1724, le tsar apprend, par sa chancellerie secrète, que son impératrice le trompe.

L'élu, il le connaît bien. C'est même un intime. Il se nomme William Mons de la Croix et il est le frère d'Anna Mons qui fut jadis la maîtresse de Pierre. Il est jeune, il est beau et c'est un parfait aventurier aussi habile à toucher des pots-de-vin qu'à faire perdre la tête à une femme déjà sur le retour.

Au temps de sa jeunesse, Pierre eût fait appréhender les coupables sur l'heure pour les livrer à ses bourreaux. Cette fois, la stupeur le paralyse. Cette femme dont il a fait une souveraine, qu'il a aimée plus que tout au monde, cette femme qui est sa chose a osé... Ce n'est pas possible ! Il y a quelque part une erreur ! Et, pendant quinze jours – une éternité pour lui ! – il réfléchit, il observe...

Au bout de ce temps, sa main frappe comme la foudre.

Alors qu'il vient de dîner dans l'intimité avec Pierre et Catherine, le beau William est arrêté et jeté en prison. Le tsar pense que ce coup de tonnerre va décontenancer sa femme, qu'elle va pleurer, supplier, demander son pardon et la grâce de son amant. Il la connaît encore bien mal ! Non seulement Catherine ne fait rien de tout cela mais elle ne bronche même pas. Son visage demeure aussi paisible qu'un lac par beau temps. Alors Pierre fait exécuter le prisonnier, le 28 novembre, mais sans rien en dire à sa femme. Puis, le lendemain même, il la fait monter dans un traîneau sous le prétexte d'une promenade et la conduit vers l'échafaud où gît le corps démembré de son amant. L'attelage fera même plusieurs fois le tour de la sinistre plate-forme. Catherine ne dit toujours rien, ne montre pas la plus petite émotion. Même, elle trouve un sourire pour son époux et parle de choses et d'autres dans une apparente liberté d'esprit. Elle sait trop que les terribles yeux noirs qui l'observent noteront la moindre défaillance et qu'alors rien ne la sauvera. Et l'on rentre au palais.

Décidé à tout, apparemment pour la briser, Pierre lui a réservé une autre surprise et quand elle regagne ses appartements elle voit, sur une table, posée bien en évidence, la tête de William qui baigne dans un bocal rempli d'alcool. Va-t-elle craquer ? À aucun prix ! Pierre qui l'a suivie la voit passer auprès de l'affreuse chose sans paraître seulement s'apercevoir de sa présence. Elle n'a même pas tressailli à sa vue.

Alors, fou de rage, le tsar empoigne un vase précieux et le lance à terre où il se brise. Catherine, elle, se contente de hausser les épaules et de soupirer :

– Vous venez de détruire l'un des plus beaux ornements de ce palais. En êtes-vous plus heureux ?

Il ne reste à Pierre qu'une solution : s'enfuir pour n'être pas tenté de l'étrangler. Rien ne semble, en effet, capable de la briser et un temps, il se demande s'il ne va pas l'envoyer aux bourreaux, rien que pour voir s'ils réussiraient à la faire trembler. La vie de Catherine, alors, ne tient qu'à un fil.

Elle le sait, elle le sent. Pourtant, elle se comporte toujours comme si aucun nuage n'était venu assombrir son ciel conjugal. Peut-être compte-t-elle sur ses enfants ? À ce moment, d'ailleurs, des pourparlers sont établis en vue d'un mariage entre Élisabeth et le jeune roi de France, Louis XV. Que penseraient les Français si à cet instant l'empereur envoyait sa femme à l'échafaud ?

Le mariage ne se fera pas, à la grande déception de la jeune fille qui, même devenue impératrice, le regrettera toute sa vie. Mais les conversations traînent, heureusement pour Catherine. Elle sait bien qu'elles sont ses meilleures garanties contre la mort. Pourtant, c'est celle de Pierre qui la sauvera. Le 27 janvier 1725, il sent que sa fin est proche. Il a pris beaucoup de dispositions pour les temps à venir mais il n'a pas encore désigné son successeur. Alors, il réclame du papier, une plume et, réunissant ce qui lui reste de forces, il commence à écrire : « Rendez tout à... » Il n'ira pas plus loin. Son successeur, ce sera Catherine proposée par le prince Mentchikov, l'archevêque de Plesk et ratifiée par les voix populaires. Elle a déjà été sacrée et une nouvelle cérémonie ne sera pas nécessaire.

L'une de ses premières décisions est une mesure de clémence envers la première épouse de Pierre. Celle-ci, en effet, n'est plus depuis longtemps au couvent de Souzdal. Un homme avait réussi à entrer en relations avec elle, un capitaine nommé Stepan Glebov. Et, peu à peu, une idylle s'était nouée entre cette femme encore belle et ce soldat. Ils se sont écrit. Beaucoup trop et Glebov, naïvement ou avec une arrière-pensée a gardé ces billets et même il a indiqué sur chacun d'eux avec une vanité qui frise la stupidité :

« lettre de la tsarine ». Le roman s'achèvera dans l'horreur et le sang. Amené à Moscou avec une bonne partie des nonnes du couvent, Glebov est affreusement torturé par Pierre pour lui faire avouer une hypothétique participation à la cause du jeune Alexis. Les nonnes, elles, subissent le fouet. Glebov, lui, est courageux et n'avoue rien en dépit de tourments inouïs. Sa mort sera atroce et constituera le clou, si l'on peut dire d'une de ces tueries en série comme Pierre les affectionne : le malheureux sera empalé mais pour que le froid ne le tue pas trop vite, on l'affuble d'une pelisse, de bottes et d'une toque de fourrure. Il mettra vingt-sept heures à mourir.

Eudoxie, elle, vivra mais on la conduit dans un couvent des rives du lac Ladoga qui n'avait pas grand-chose à envier aux goulags du XXe siècle et, le jour où elle y arrivera, deux moines la fouetteront en plein chapitre mais elle ne saura pas la mort affreuse de son fils Alexis.

De tout cela, Catherine a été le témoin muet et si elle a plaint Eudoxie, elle s'est bien gardée de le montrer. Mais elle estime que le calvaire a suffisamment duré et elle fait revenir la malheureuse de son couvent des glaces afin qu'elle vive désormais à Moscou même et dans un couvent beaucoup plus confortable. Elle y vivra jusqu'au 7 septembre 1731 survivant ainsi à celle qui a eu pitié.

En effet, Catherine Ire n'a régné que deux ans et s'est éteinte le 17 mai 1727 à la suite d'une fièvre chaude...

CORA PEARL

La « lionne » qui haïssait les hommes...

La calèche bleue

Dans les débuts du second Empire, l'un des équipages les plus remarqués sur la toute neuve avenue de l'Impératrice [1] à l'heure de la promenade élégante, est une calèche dont la caisse légère, peinte en bleu à rechampis jaunes ressemble à une fragile nacelle en équilibre sur de hautes roues. Quatre chevaux magnifiques, attelés à la Daumont l'entraînent. Ils sont menés par des postillons sanglés dans des spencers de satin bleu, des culottes de peau blanche et de courtes bottes vernies. C'est le temps des folies mais on se retourne tout de même sur cet attelage que tout le monde regarde mais que personne ne salue. Les femmes ont pour lui des regards glacés, les hommes de légers sourires. Seul, parfois, l'un des joyeux célibataires qui font du règne de Napoléon III une fête perpétuelle se risque à envoyer un coup de chapeau désinvolte à l'occupante.

Elle est très jeune, cette femme. Dix-huit, dix-neuf ans pas plus, mais remarquable en plus d'un point : l'élégance de ses toilettes, la teinte flamboyante de sa chevelure rouge et aussi l'étonnant maquillage dont elle couvre son jeune visage qui semble verni par une épaisse couche de fards

1. Aujourd'hui avenue Foch.

cependant que de longs cils irisés, de longues paupières savamment ombrées et une bouche d'un rouge sanglant font paraître pâles les autres femmes.

Son indifférence aussi est étonnante. À demi couchée dans sa voiture sous les flots mousseux d'une immense crinoline elle ne regarde rien ni personne. Ses yeux bleus sont de glace et le pli de sa bouche pourpre traduit pour ce qui l'entoure un dédain immense, un dédain qui, parfois, se nuance d'un sourire froid lorsque les chuchotements qui courent d'une voiture à l'autre arrivent jusqu'à elle :

– C'est Cora Pearl, la grande courtisane ! La maîtresse du jeune Masséna... On dit qu'il se ruine pour elle...

Mais la calèche bleue poursuit son chemin, emportant cette femme qui est pour beaucoup un objet de scandale et pour quelques-uns une énigme...

Ce nom de Cora Pearl, elle ne le porte pas depuis très longtemps. Les hasards de la naissance l'ont dotée à l'origine de celui infiniment moins évocateur d'Emma-Elizabeth Cruch qui en anglais signifie béquille...

Quoi qu'il en soit, la jeune Emma est née le 23 février 1842 à East Stone, dans le Devon d'un très modeste maître de musique, tellement modeste que cinq ans après la naissance de sa fille, le sieur Cruch incapable de sortir d'une situation inextricable a pris le parti de fuir en Amérique abandonnant femme et enfant. La mère, Emily Watts, encore jeune et belle, l'a vite remplacé par un brasseur londonien. Pour plus de commodité, elle a déclaré le fugace Cruch mort et enterré.

À vrai dire, elle aimerait bien oublier aussi qu'elle a une fille. D'autant que celle-ci a tout de suite détesté son beau-père. Alors, pour s'en débarrasser, on décide de l'envoyer en France, dans un couvent de Boulogne-sur-Mer où, durant huit ans, elle recevra quelque éducation. Et elle arrive ainsi à l'âge de treize ans où sa mère s'avise que le couvent lui coûte cher. Comme il ne peut être question de la ramener au logis du brasseur, c'est à sa grand-mère qu'on la confie. Celle-ci vit dans un quartier pauvre de Londres. C'est une femme pieuse jusqu'à la bigoterie et d'une austérité capable de dégoûter à tous jamais une fille de la vertu.

Emma, cependant, n'est ni plus ni moins vertueuse qu'une autre fille de son âge. Quant à l'amour elle n'y pense même pas.

Pourtant, elle est faite pour lui car si son visage, encore mal formé, est assez quelconque, elle possède un corps dont les formes sont beaucoup plus épanouies qu'il n'est d'usage à treize ans. C'est à elle que la fillette devra la tragédie qui va définitivement marquer sa vie et son caractère.

Un soir de brouillard, alors qu'elle rentre chez sa grand-mère, elle est abordée par un inconnu qui l'arrête et s'inquiète de voir que, sous un manteau trop mince, elle tremble de froid. Il l'interroge alors : que fait-elle dehors par ce temps ? Emma répond qu'elle est allée faire une course pour sa grand-mère qui habite un peu plus loin et qu'elle n'a pas le temps de causer. L'inconnu se met à rire et Emma le trouve sympathique. Son apparence est cossue et son rire joyeux. Il explique à la fillette que si la rue n'est pas un endroit pour parler on peut le faire bien au chaud dans le pub voisin dont les lumières éclairent la brume jaune.

Emma est tentée. Il doit faire meilleur en cet endroit que chez la grand-mère où l'on économise aussi bien sur le combustible que sur la chandelle et elle se laisse entraîner. Son nouvel ami la fait asseoir à une table puis lui offre un grog au rhum, très chaud et très fort qu'elle boit avec précaution puis avec un plaisir croissant. En même temps, il la fait parler, s'apitoie en apprenant qu'elle cherche du travail, tout en faisant maintenant servir du vin ! La tête lui tourne un peu. Elle oublie le temps et trouve bien agréable la griserie légère qui l'envahit. Aussi ne voit-elle aucun inconvénient à un autre verre et encore à un autre jusqu'à ce qu'elle s'abatte sur la table, la tête dans les bras, assommée par l'alcool.

Lorsqu'elle émerge enfin d'un écrasant sommeil il fait jour. Elle ne connaît ni la chambre ni le lit où elle est couchée. Quant à son compagnon, il a disparu. Elle s'aperçoit alors qu'elle est toute nue dans ce lit inconnu, que son corps lui fait un peu mal et qu'il y a du sang sur les draps. Affolée, elle veut se lever mais une nausée la précipite, tête première, vers la table de toilette cependant que l'épouvante la saisir : que va-t-elle dire à sa grand-mère ?

Quand son estomac est un peu soulagé elle se sent mieux et c'est alors qu'elle remarque l'argent. Il est là, déposé sur la table de chevet et quand elle le touche, une sorte d'éblouissement la saisit. Vingt livres ! L'inconnu lui a laissé vingt livres ! Une véritable fortune pour elle !... Mais il a aussi laissé un petit mot, très court : « Le travail abîme, use et vieillit. Si tu veux t'en donner la peine tu peux gagner beaucoup d'argent avec ton corps... »

Emma pense alors que l'inconnu était sans doute un misérable mais non dépourvu de générosité et que, de toute façon, le conseil peut être bon à suivre. Et cet instant décide de sa vie. La nuit qu'elle a vécue soulève en elle un mélange de fureur et d'avidité. Les hommes sont tous des monstres et son initiateur n'est qu'une brute mais elle se jure que tous les autres paieront pour lui.

Bien entendu, plus question de rentrer chez la grand-mère ! Emma dit adieu à sa triste rue et s'en va prendre une chambre dans le quartier de Covent Garden où elle commence à vivre de ses charmes. Cela marche au-delà de ses espérances grâce à une vieille courtisane qui l'a prise en amitié et qui lui apprend non seulement l'art d'attirer les hommes mais aussi ce que l'on pourrait appeler les techniques du métier. Et cette enfant qui n'a pas quatorze ans va plonger au plus noir, au plus crapuleux de la débauche mais, de cette terrible expérience, elle va retirer deux choses : pas mal d'or et la haine des hommes, une haine au feu de laquelle se cuirassera son cœur.

Quand, un an après, elle rencontre un certain Robert Bignell, elle a changé, irrémédiablement. Sceptique, dure, insolente, elle sait à présent se défendre d'autant mieux que dans les pires orgies elle garde la tête froide et le cœur sec. Et c'est dommage car Bignell n'est pas un mauvais garçon. S'il possède à Londres l'un des lieux de plaisirs les plus cotés, il est encore capable d'aimer et il aime Emma. Il l'installe dans un appartement agréable près de Hyde Park. Il lui offre de jolies robes, des bijoux. Il est même prêt à l'épouser. Mais cela Emma le refuse farouchement. La seule reconnaissance qu'elle voue à son amant c'est de lui avoir permis d'apprendre à monter à cheval.

Tout de suite elle a montré d'étonnantes dispositions et se prend pour les chevaux d'une véritable passion. Ils incarnent pour elle toute la beauté qu'elle refuse à ses compagnons de plaisir. Elle est presque heureuse. Et c'est alors que Bignell lui propose de l'accompagner à Paris.

La capitale française éblouit la jeune Anglaise qui la visite de fond en comble. Tout lui plaît à commencer par l'atmosphère de plaisir qu'on y respire en ce début de l'Empire. Elle va danser dans les bals publics, boire dans les cabarets, va au théâtre et, surtout, fait du cheval au bois de Boulogne. Là, sa parfaite tenue jointe à son charme un peu exotique intriguent. Elle y fait des conquêtes et, surtout, elle peut y contempler le luxe étourdissant de quelques-unes des « lionnes » les plus en vue comme la charmante Blanche d'Antigny et l'éblouissante Hortense Schneider. Et elle décide qu'un jour elle sera plus riche et plus parée que celles-ci....

La passion des chevaux

Quand Robert Bignell repart pour Londres, Emma rompt : elle entend désormais faire carrière à Paris. Livrée à elle-même, elle commence par changer de nom, le sien étant par trop ridicule : « Je me savais, écrit-elle sans trop de modestie dans ses *Mémoires*, fraîche comme une rose mousse et radieuse comme une perle d'Orient. » Et c'est ainsi que, de Cruch, elle devient Pearl et que le paisible Emma fait place à Cora, nettement plus élégant. Après quoi elle entreprend de faire fortune, invente un maquillage frappant pour mieux se faire remarquer et commence à choisir ses amants. Celui qui va assurer son succès est un

Russe, le prince Gortschakov. Il assure en quelque sorte sa publicité en clamant un peu partout dans les milieux du plaisir et chez ses compagnons de débauche que la belle Anglaise représente « le dernier mot de la luxure ». Du coup, on s'arrache ses faveurs et son alcôve ne désemplit pas.

Devenue l'une des femmes les plus en vue de Paris, et d'ailleurs des plus élégantes, Cora se révèle du même coup femme d'affaires accomplie : partant de ce principe que son corps est son capital, elle l'administre ni plus ni moins qu'une maison de commerce. C'est ainsi que tenant un grand livre de comptes, elle y note sur trois colonnes le nom du client, la somme perçue et son appréciation personnelle.

Dans ces conditions, elle aurait pu n'être jamais rien d'autre qu'une fille de joie si une vraie chance ne lui était venue avec le journaliste Nestor Roqueplan, ancien directeur de l'Opéra et l'une des principales « locomotives » de la vie parisienne. En effet, Roqueplan s'éprend de Cora, autant tout au moins qu'il est possible à un homme sceptique, raffiné et sans illusions. Mais son accent anglais l'amuse et aussi certaine verdeur de langage. Il devient alors son protecteur attitré, corrige certains défauts trop évidents et lui enseigne tout ce que doit savoir une véritable « lionne ». Ensuite, il la présente à quelques-uns des hommes qui à Paris tiennent le haut du pavé. L'un d'eux en tombe amoureux fou : il se nomme Victor Masséna, duc de Rivoli et prince d'Essling et il possède une grosse fortune.

Dès lors Cora Pearl est vraiment lancée. Installée dans un magnifique appartement de la rue de Ponthieu, elle possède tout ce qu'un homme riche peut offrir à une femme. Attelages et chevaux de selle emplissent ses écuries et chaque matin on peut la voir, sanglée dans une sévère amazone, galoper sous les ombrages du bois de Boulogne. De même que, l'après-midi, elle participe dans sa calèche bleue à la rituelle promenade où se rencontrent la Cour et le Tout-Paris.

L'amour que lui voue Masséna toucherait un cœur moins fermé que le sien. Il ne sait que faire pour lui plaire demandant seulement en échange qu'elle ne soit qu'à lui mais Cora n'entend pas se consacrer à un seul homme et, un soir, c'est le drame. Au cours d'un souper dans le fameux cabinet n° 16 du Café anglais où quelques joyeux fêtards sont réunis avec leurs belles amies, le duc de Gramont-Caderousse l'un des rois de la fête qui, se sachant condamné, brûle sa vie avec une joyeuse désinvolture propose une idée bizarre : ces dames vont se livrer au concours de la plus belle poitrine.

Sa maîtresse en titre, la chanteuse Hortense Schneider refuse farouchement de se mêler à des femmes qu'elle méprise et, ce soir, c'est la belle Adèle Courtois qui accompagne le jeune duc. Sans hésiter, celle-ci fait tomber le haut de sa robe et Cora se dispose à l'imiter quand Masséna s'interpose : elle ne va pas faire ça ? Et devant lui ? La réponse de la jeune femme est un défi : oserait-il le lui interdire ? Il n'hésite pas :

– Oui. Je vous le défends mais aussi je vous en prie. Cela... me déplairait.

Pour toute réponse, Cora dégage ses seins et gagne le concours haut la main mais Masséna ne verra pas la triomphatrice baigner l'une de ses victorieuses rondeurs dans une coupe de champagne car il est parti dès la chute de la robe. Le lendemain, après une scène pénible, c'est la rupture et Cora Pearl choisit comme nouvel amant le prince Murat, banquier plus jeune et plus riche encore que son prédécesseur, ce qui ne l'empêchera nullement d'accueillir d'autres amants de passage : son appétit d'or est intarissable et elle s'entend comme personne à mener les hommes à la cravache.

Ses algarades avec le prince Demidov défraient Paris. On se raconte la façon dont elle lui a cassé sa canne à pommeau d'or sur la tête, alors qu'il prétendait demeurer couvert devant elle. Une autre fois, alors que le Russe met en doute l'authenticité des perles de son collier, Cora jette le bijou à terre et en écrase quelques-unes sous son talon pour prouver leur authenticité. Après quoi, ramassant l'une des rescapées, elle la jette à la figure du prince en lui recommandant de s'en faire une épingle de cravate.

Ses éclats, son maquillage, sa réputation de grande prêtresse de l'amour et ses tarifs exorbitants en font une sorte de curiosité. Au point qu'un groupe d'étudiants se cotise pour réunir cinquante louis puis tire au sort qui sera l'heureux élu. Cora accepte de recevoir le gagnant et accomplit sa part du contrat. Mais le jeune homme est charmant, un peu timide et il éveille en elle quelque chose qui est peut-être un souvenir d'enfance. Alors au moment où il va la quitter, la courtisane prend l'un des cinquante louis et le lui tend en disant :

– Je garde toutes les pièces sauf celle-ci qui est peut-être la vôtre car, à vous, je veux m'être simplement donnée...

On aimerait savoir qui était le jeune étudiant. Mais Cora est appelée à de plus hautes destinées. Après le prince Murat, vient le duc de Morny qu'elle rencontre, un matin, en patinant au Palais de Glace :

– Cora sur la glace ? s'écrie en riant le demi-frère de l'Empereur. C'est un paradoxe...

– Eh bien, Monseigneur, puisque la glace est rompue, offrez-moi donc un cordial !

– Volontiers... à condition que ce soit chez moi.

Ainsi débute une nouvelle liaison, plus amicale que passionnée de la part du duc. Cora l'amuse et, surtout, il partage cette passion du cheval qu'elle place au-dessus de tout. Il gagnera même un tout petit coin de ce cœur qui ne veut plus battre en offrant à Cora, au lieu de bijoux dont elle regorge, un superbe pur-sang arabe.

C'est alors que Napoléon III lui-même fait savoir qu'il recevra volontiers la jeune femme. Mais elle reçoit très mal Mocquart, l'émissaire impérial : elle n'est pas un fiacre qu'on siffle dans la rue. « Je ne veux pas, dit-elle, qu'on me fasse psst, psst ! »

Elle se laissera néanmoins convaincre mais sa visite aux Tuileries n'aura pas de suite. L'Empereur déclarera à Morny que « cette Anglaise a vraiment trop d'accent » et que, d'ailleurs « il se doit aux Françaises... »

À la mort de Morny, Cora décide de s'essayer au théâtre. Elle ne récoltera pas le succès au contraire, mais encore un nouvel admirateur, qui sera la plus célèbre victime de l'impitoyable Anglaise : le prince Jérôme Bonaparte, fils du roi de Westphalie et frère de la princesse Mathilde, un joyeux luron que les Parisiens ont surnommé Plon-Plon. Il n'est plus très jeune et loin d'être beau mais Cora recevra de lui un palais rue de Chaillot, un autre rue des Bassins, les plus beaux chevaux de Paris et de rarissimes perles noires. Le pauvre homme est fou de son Anglaise et, même les remontrances de l'Empereur ne pourront rien contre un sentiment profond et sans doute douloureux quand Cora s'affichera avec le Turc Khalil-Bey.

La guerre de 1870 ne change rien. Lorsque Cora revient en Angleterre, Jérôme la suit mais le couple fait scandale et il faudra bien que le prince en vienne à rompre par respect pour les siens et le malheur de l'Empire. Cora rentre à Paris mais la fête est finie et fini le temps des princes. C'est maintenant celui des riches bourgeois. Le suicide du jeune Duval, des restaurants du même nom, va faire chasser l'Anglaise de France. On pourra la voir alors à Monaco puis à Milan où elle essaiera vainement de revoir Jérôme. Plus tard, elle pourra revenir à Paris où plus maquillée que jamais, elle tente de gagner encore quelque argent de la seule façon qu'elle connaisse mais elle n'intéresse pas les jeunes générations qui l'appellent « le vieux clown ».

Pour échapper à la misère, elle écrit ses *Mémoires* et remporte un succès qui la sauve mais quatre mois après la parution, le 8 juillet 1886, elle meurt d'un cancer de l'intestin...

L'inoubliable
HORTENSE SCHNEIDER

Un certain Monsieur Offenbach...

Un matin de l'été 1855, deux jeunes gens grimpaient courageusement le raide escalier d'une triste maison sise passage Saunier menant au non moins triste appartement d'un homme qui était peut-être le plus gai des habitants de Paris. C'était un musicien allemand « agité, mince comme une clarinette, vif comme un triolet » qui venait de s'implanter aux Champs-Élysées, dans un petit théâtre en bois abandonné par un prestidigitateur qui l'avait baptisé théâtre des Bouffes-Parisiens et venait d'y monter une sorte d'opérette allègre intitulée *Les Deux Aveugles*. Le plus étonnant était que le public commençait à s'y presser.

Quant aux deux visiteurs, l'un était le chanteur Berthelier qui faisait partie de la troupe et sa plus récente maîtresse : une jolie Bordelaise de vingt-deux ans, blonde, grassouillette, mais avec les plus belles épaules, les plus belles jambes du monde, de jolis yeux bleus et le plus charmant minois. Son nom : Hortense Schneider.

Ce que Berthelier vient demander à son patron, c'est d'auditionner sa conquête et, comme il est amoureux, il est tenace. Alors sachant bien qu'il ne s'en débarrassera pas autrement, Offenbach soupire en se mettant au piano :

– Chande-moi guelgue chose !

Il ne se débarrassera jamais, en effet, de son accent tudesque mais c'est au fond un charme de plus comme sa moustache blonde et le regard myope mais vif qui brille derrière ses lorgnons. Si elle meurt de trac, la jeune Hortense n'en montre rien. Elle attaque hardiment le boléro du *Domino noir* mais à peine a-t-elle chanté quelques mesures que le musicien se lève et referme le piano.

– Où as-du abbris ?

– À Bordeaux avec M. Schaffner...

– Bedide miséraple, si tu as le malheur de brentre engore tes leçons, je te viche mon pied quelque part et je tégire ton encachement. Car je t'encache, tu entends ? À teux cents francs bar mois...

Et de signer un contrat qui allait marquer toute une époque. L'association d'Offenbach avec Hortense Schneider que l'Histoire ne séparera plus va démontrer au monde entier que « leur » Paris est la ville la plus brillante, la plus gaie et la plus vivante du monde : une fantastique affiche pour le second Empire...

Mais qui était, au juste, cette Hortense tombée si à propos dans la vie du compositeur ? Bordelaise, elle l'a dit mais parce que ses parents le sont devenus. Son père, un pauvre tailleur nommé Schneider était, selon Lenôtre, un des rescapés des contingents rhénans de Napoléon. C'est dire que la famille n'était pas riche. Toute gamine Hortense sera petite-main chez une couturière ou coursière chez une fleuriste mais ce qu'elle a dans le sang c'est la musique, le chant, la danse et la comédie. Elle se joint à une troupe d'amateurs et un vieil artiste, Schaffner, lui apprend à poser sa voix – qui est fort jolie – et à respirer quand il faut.

Ainsi armée, elle signe un engagement, à cinquante francs par mois, pour le théâtre d'Agen où elle va jouer tout, mais vraiment tout ce que l'on y joue et pas toujours dans les premiers rôles. Elle sera même un nègre dans *La Case de l'oncle Tom* et un mousse dans *Haydée* mais il lui arrive de chanter parfois l'opéra même si c'est dans les chœurs. En même temps, elle fait des ravages dans la société masculine de la cité des pruneaux. Sa blondeur, son entrain et ses rondeurs y font merveille au point qu'une grande dame de la société viendra s'en plaindre à son directeur.

Au bout de deux ans de ce métier, elle fait ses bagages, débarque à Paris, essuie bon nombre de refus dans les « salles » en vogue et finalement rencontre Berthelier qui la réconforte, lui promet de s'occuper d'elle, en fait sa maîtresse parce qu'elle l'a ensorcelé et finalement tient parole en la présentant à son patron.

Dès son apparition sur la scène des Bouffes-Parisiens – qui d'ailleurs ne vont pas tarder à déménager pour s'agrandir et se rapprocher des Boulevards – c'est le succès, un succès qui vaut à la belle Hortense nombre d'admirateurs avec qui elle a le bon goût de ne pas se montrer cruelle dès l'instant qu'ils lui plaisent mais, quand elle rencontre le jeune duc Ludovic de Gramont-Caderousse, elle lui accorde aussitôt l'exclusivité... et il faudra bien que Berthelier, non sans soupirer, quitte à jamais la chambre de son amie.

Gramont-Caderousse, c'est en quelque sorte le roi de Paris : grand, maigre – trop ! il est miné par la phtisie – d'une folle élégance, le cheveu roux et le visage pâle marqué de rouge aux pommettes il règne sur le Jockey club et sur tous les endroits où l'on s'amuse depuis le Café anglais et le Café de Paris jusqu'aux petites boîtes de quartiers moins huppés. Tout le monde le connaît, tout le monde l'adore et Hortense, en ce cas, fait comme tout le monde. De cette liaison, elle aura un petit garçon dont elle ne se souciera guère et surtout tirera un vernis d'élégance et d'éducation non négligeable.

Quelques mois après la naissance, le jeune duc dont la santé se délabre de plus en plus commet l'erreur fatale commune, hélas, à tous les malades des poumons de l'époque : il va se soigner en Égypte en pensant que le soleil est seul capable de le guérir. En fait, le soleil le tuera plus rapidement et, quand il reviendra à Paris en 1865, c'est pour y mourir. À trente-deux ans.

Or, pendant ce séjour en Égypte, Hortense qui, avec toute la troupe et Offenbach, se produit au Palais-Royal, entre en fureur contre son directeur qui lui a refusé une augmentation. Qu'on lui résiste est une chose qu'elle ne supporte pas : d'abord parce qu'elle a une juste conscience de sa valeur mais également parce qu'elle n'est pas aussi intelligente que sa frimousse pétillante le laisse supposer. Aussi prend-elle une décision ahurissante : elle va retourner à Bordeaux, chez sa mère et, dans ce but, elle fait ses malles.

Grâce à Dieu, faire ses malles pour une femme en cette année 1864 n'est pas une mince affaire, surtout pour une jolie femme : il faut emplir une monstrueuse quantité de bagages et de cartons pour y enfouir les crinolines, les immenses robes qui les couvrent, les dessous aussi abondants que les fanfreluches, les châles, les chapeaux, les bottines, les ombrelles. Cela donne à Offenbach flanqué de son librettiste Ludovic Halévy, le temps de tomber chez sa vedette pour tenter de la ramener à la raison.

Entreprise oh combien difficile ! Les deux hommes frappent, sonnent font un bruit de tous les diables qui attire les autres locataires de la maison mais pas la Schneider. Quelqu'un pourtant affirme qu'elle est là. Alors le vacarme reprend de plus belle et, finalement, derrière le panneau de bois, une voix se fait entendre :

– Qui est là ?

Avec un soupir de soulagement, les deux hommes répondent l'un après l'autre :

– Moi, Offenbach.

– Moi, Halévy...

et Offenbach d'ajouter en écho :

– Che vous apporte un rôle... un rôle étonnant... une gréation suberbe... mais le malheureux qui ignore qu'Hortense est brouillée à mort avec Plunkett, le directeur du Palais-Royal ajoute : « Une gréation pour le Balais-Royal... »

Un hurlement le fureur lui répond mais, cette fois, la porte s'ouvre découvrant une Hortense aux yeux étincelants, véritable personnification de la furie antique, l'invective à la bouche, qui déclare, avec force imprécations dignes de Corneille qu'elle ne remettra jamais les pieds dans le « théâtre maudit ». Elle va partir pour Bordeaux, d'ailleurs ses malles sont achevées, et elle a déjà vendu une partie de ses meubles.

En effet, le décor fait de caisses, de paquets et de cartons a quelque chose de définitif. Néanmoins, comme la porte est ouverte, les deux hommes en profitent pour se glisser à l'intérieur. Il faut plus qu'un déménagement pour décourager Offenbach lorsqu'il a quelque chose dans la tête. Or, il vient de constater que s'il manque nombre de meubles, le piano, lui, est toujours là...

La grande-duchesse de Gérolstein

Profitant d'une accalmie nécessitée par une reprise de souffle, Halévy explique l'œuvre dont il vient d'écrire le livret : « une pièce grecque... l'enlèvement d'Hélène par Pâris ». Elle y serait adorable, délicieuse, irrésistible. Hélène la Blonde ! Avec des costumes absolument ravissants ! Il pourrait parler longtemps : Hortense ne veut pas être adorable chez Plunkett...

Pendant ce temps, Offenbach s'est glissé au piano et il joue, et il chante avec son effroyable accent mais la musique est irrésistible :

« Dis-moi, Vénus, quel plaisir trouves-tu ?

À faire ainsi cascader, cascader ma vertu... »

Assis sur une caisse, Hortense écoute, ravie, enchantée déjà dans le rôle de la reine de Sparte. Elle s'y voit !... Seulement derrière cette apothéose, elle aperçoit tout à coup Plunkett et cela suffit pour qu'elle retrouve sa décision : jouer *La Belle Hélène* elle aimerait beaucoup mais à aucun prix au Palais-Royal. Elle a dit qu'elle partait pour Bordeaux, elle part au désespoir de ses auteurs et durant quelques jours, elle va jouir de sa liberté et du secret plaisir d'être déjà célèbre...

En fait, huit jours exactement au bout desquels arrive un télégramme d'Offenbach : « Affaire ratée au Palais-Royal mais possible aux Variétés. Répondez... »

Du coup, Hortense trouve tout de suite moins de charme à Bordeaux. Elle télégraphie à son tour : « Je demande 2 000 francs par mois ». C'est le directeur des Variétés, Coignard, qui lui répond : « Affaire entendue. Venez vite ! » Deux jours plus tard, la chanteuse rentrait. *La Belle Hélène* fut, bien entendu, un triomphe, le 17 décembre 1864. Un triomphe qui ne se démentira pas et qui sera même surpassé quand, le 18 avril 1867, année de l'Exposition, on frappera les trois coups de la célèbre *Grande-Duchesse de Gérolstein*. Le triomphe est total et quand, au bois, Hortense passe, dans sa voiture autour de laquelle galopent ses huit chiens et que traînent des chevaux magnifiques, on lui fait place comme à une souveraine. On sourit, on murmure : « C'est la grande-duchesse ! » On la salue, on l'acclame plus encore qu'une vraie souveraine.

Mieux encore ! Un après-midi, la calèche se présente devant l'entrée de l'Exposition réservée exclusivement aux monarques étrangers qui viennent visiter. Du fond de la voiture, elle ordonne aux gardiens :

– Ouvrez !

Et comme ces braves gens hésitent, faisant remarquer que l'on ne peut franchir cette grille que si l'on porte couronne, Hortense alors jette avec majesté :

– Grande-duchesse de Gérolstein !

Et la grille royale s'ouvre...

C'est qu'au fond, elle est vraiment souveraine. Avant que ne se lève le rideau, elle peut chaque soir contempler la salle où se presse tout ce que la France mais aussi l'Europe compte d'illustre et que la grande exposition attire vers Paris. On y voit le roi de Suède, celui de Portugal, de Norvège, de Bavière, le prince de Galles, le tsar, le roi des Belges, le comte de Flandres, le prince d'Orange et même, certain soir, le shah de Perse.

La loge d'Hortense, bien sûr, ne désemplit pas. Les fleurs s'y entassent, les princes aussi et, comme elle possède un cœur vraiment généreux et un corps toujours disponible, sa demeure voit défiler à tour de rôle ceux qui l'ont applaudie la veille ou l'avant-veille. Tant et si bien qu'une mauvaise langue finira par la surnommer : « Le passage des Princes. » Elle eut même une liaison avec le khédive d'Égypte venu en France pour y prendre les eaux de Vichy. Il s'y ennuya si ferme écrit André Castelot, qu'il envoya un télégramme au quai d'Orsay : « Envoyez Schneider. » Mais le secrétaire diplomatique qui reçut le message n'imaginant pas qu'il pût s'agir de la célèbre divette, dépêcha sur Vichy l'important M. Schneider, directeur tout-puissant des Forges du Creusot persuadé lui-même que le souverain souhaitait passer une commande de canons ou de locomotives. On devine ce que purent être l'accueil du khédive... et la tête de M. Schneider.

Néanmoins, Hortense, qui avait eu, avec Offenbach, une liaison passagère, était pourvue d'un amant en titre : Xavier Feuillant qui s'accommodait bien des relations « diplomatiques » de sa maîtresse. Et même, habitant en face de chez elle, il poussait l'amabilité jusqu'à décorer ses fenêtres des couleurs nationales du locataire provisoire. On affirme que, bien que très riche, il se ruina en chandelles et en drapeaux. Hortense habitait alors à l'angle de l'avenue de l'Impératrice – actuelle avenue Foch – et de la rue Lesueur.

La guerre de 1870 va faire disparaître tout ce monde charmant et un peu fou. « Le trône de Napoléon III, dit Lenôtre, entraîne dans sa chute celui de Gérolstein. » Quand la France envahie, déchirée, ravagée se relève de ses cendres bien peu de mois ont passé mais ils ont suffi pour qu'Hortense Schneider, bien que toujours jeune et toujours belle, soit devenue le symbole d'une époque révolue. La République n'a rien à faire de la grande-duchesse de Gérolstein.

Hortense essaie bien de reprendre quelques-uns de ses rôles mais la magie n'agit plus. Offenbach, d'ailleurs, est compris dans le même phénomène et bien qu'il eût été naturalisé Français devait mourir, dix ans plus tard sans avoir eu le temps de voir naître à la scène l'œuvre dont il était le plus fier : *Les Contes d'Hoffmann*.

Pendant ce temps, Hortense était partie pour la Russie où elle connut un très grand succès, si grand même, qu'elle crut les beaux jours revenus. Hélas, rentrée en France, elle connut un tel échec qu'elle se résigna finalement à abdiquer. Elle était riche, d'ailleurs, et pouvait vivre sans soucis.

C'est alors qu'elle commit une grosse sottise, la seule en vérité de sa vie : elle épousa un jeune aristocrate de grande famille : le comte de Brionne. Hélas, le beau gentilhomme s'intéressait surtout à ses revenus et, alors même que la lune de miel n'était pas encore tout à fait consommée, Hortense devait faire face aux horreurs d'une séparation, suivie d'un procès retentissant et d'un divorce.

Elle réussit cependant à sauver la plus grosse partie de sa fortune. Et, faute de rester grande-duchesse, elle pourra néanmoins continuer à se parer de ce titre de comtesse de Brionne, porté jadis par une princesse de Lorraine et dont elle était si fière, plus encore sans doute que de l'amour intéressé de son éphémère époux.

C'est alors qu'elle fit bâtir l'hôtel particulier sis 123, avenue de Versailles, non loin du Point-du-Jour, dans un quartier alors paisible et verdoyant où, durant trente ans, elle put se consacrer aux œuvres de charité, visitant les pauvres et dédiant « son temps et son dévouement à l'Orphelinat des Arts dont elle était la présidente d'honneur ».

Aux beaux jours, elle se rendait à Fécamp dans la villa qu'elle y avait fait construire après en avoir d'ailleurs acheté deux ou trois. De son beau temps, elle gardait beaucoup de choses et surtout une grande dignité, tout à fait digne d'une comtesse de Brionne et même de cette grande-duchesse fictive dont elle avait fini par faire son modèle et dont le superbe portrait peint par Pérignon éternise l'image et trône toujours dans le salon de sa demeure. Elle y apparaît cravache en main, imposante à souhait mais aussi infiniment séduisante.

On peut l'imaginer contemplant ce reflet des beaux jours après avoir longuement discuté avec sa cuisinière les menus de la journée car elle avait été toujours gourmande et le restait.

Elle le sera jusqu'à la fin extrême puisque c'est dans son lit et après avoir dégusté une tasse de chocolat qu'elle s'éteindra, le 6 mai 1920, à l'âge de quatre-vingt-sept ans. Toute sa fortune et ses propriétés allaient à l'Orphelinat des Arts...

LA PÉRICHOLE

Le vice-roi dormait...

Ce fameux soir du mois d'octobre 1766, le théâtre du Coliseo à Lima (Pérou) est comble. Même une souris ne pourrait y entrer. Et quelle belle salle ! Seigneurs et dames de la haute société péruvienne ont sorti leurs plus beaux atours et des joyaux comme on n'en voit pas souvent en Europe pour la réouverture de la fameuse salle qui reprend ses spectacles après transformations. Comble d'honneur : le vice-roi est attendu et, quand il paraît, un silence respectueux et de profondes révérences l'accueillent.

À soixante ans bien sonnés, don Manuel de Amat peut encore prétendre au titre de fort bel homme en dépit d'un air de profond ennui répandu sur toute sa personne. D'ailleurs il n'est venu que pour faire plaisir à son bon peuple et, à peine entré dans sa loge, il se laisse choir dans le grand fauteuil doré qui l'attend puis, d'un geste languissant de sa belle main, il fait signe que l'on peut commencer. Après quoi, conscient d'avoir rempli son rôle il s'installe commodément pour dormir à la consternation de son entourage et de son aide de camp, don Luis Gamuzo. Celui-ci entreprend de réveiller Son Excellence : elle doit se rendre compte que ce soir n'est pas un soir comme les autres et que la fameuse Micaela Villegas doit se produire dans une pièce de Calderón puis dans un ballet et quelques chansons afin d'offrir un éventail complet de ses talents multiples. À ce nom, don Manuel soulève péniblement ses paupières :

– La Villegas ? Oh très bien... j'espère que vous vous amuserez bien mon garçon...

Et de se rendormir tandis que Gamuzo se demande comment il va pouvoir arranger les choses. Néanmoins, comme le rideau vient de se lever il s'efforce d'oublier le vice-roi pour attendre dans la fièvre la dame de son cœur. Car, il faut bien le dire, il est, depuis six mois l'amant préféré de la vedette. Il espère seulement qu'elle ne remarquera rien Ce qui prouve qu'il la connaît bien mal...

En effet, dans les coulisses, les yeux vifs de cette Micaela de dix-huit ans n'ont rien perdu de la scène burlesque dans la loge d'honneur et elle a beaucoup de mal à réprimer sa colère car c'est la première fois que le vice-roi vient au théâtre depuis les cinq longues années qu'il est arrivé d'Espagne ! Elle est d'autant plus furieuse qu'elle aperçoit déjà la mine hypocrite et ravie de la Inesilla, sa rivale sur les planches. Cette dinde s'apprête visiblement à déguster la déconfiture de la Villegas.

Le premier mouvement de la jeune femme est net : elle ne jouera pas dans ces conditions. Effroi, terreur et affolement de Maza, l'administrateur du Coliseo. C'est impossible qu'elle n'entre pas en scène où déjà les premières répliques s'échangent. Seulement Micaela possède des arguments intéressants : personne n'applaudira si le représentant de la Couronne n'applaudit pas le premier. Néanmoins, devant le désespoir du pauvre homme qui voit déjà son théâtre tout neuf dévasté par la fureur des spectateurs, elle finit par se laisser fléchir. D'autant qu'elle a son idée : son entrée comporte une exclamation et elle va s'en servir. Le moment venu, elle bondit sur la scène en poussant un hurlement si perçant qu'il sidère la salle et fait bondit don Manuel dans son fauteuil :

– Hein ? Quoi ?... Qu'est-ce que c'est ?

– Rien, Excellence, fait Gamuzo apaisant. C'est seulement l'entrée de la Villegas...

– Doit-elle vraiment faire autant de bruit ?

Mais, sur la scène la comédienne a plongé dans une révérence pleine de grâce tout en dédiant au vice-roi son sourire le plus étincelant. Et, du coup, celui-ci n'a plus du tout mais plus du tout envie de dormir car il n'a jamais rien vu d'aussi joli que cette Micaela faite au tour avec, sous la masse de ses boucles noires et brillantes de grands yeux couleur d'eau claire. Son teint est d'ivoire mais ses lèvres rouges sont un peu lourdes et don Manuel se renseigne : serait-ce une métisse ? Eh bien pas du tout ! Elle est espagnole cent pour cent et sa mère appartenait même à une bonne famille, une noble famille même mais dont il vaut mieux tenir le nom caché pour le préserver de la tache qu'y a imprimé le mariage inconsidéré d'une de ses filles avec un baladin.

Restée veuve de bonne heure, Teresa, la mère s'en est allée vivre avec ses enfants dans un pauvre village de la sierra andine, Huanaco, où les petits ont poussé comme ils ont pu mais, depuis toujours Micaela a rêvé de faire du théâtre. Elle y tient tellement que sa mère finit par se laisser convaincre avec l'espoir que la petite réussira. Et tout le monde revient s'installer à Lima dans un logement exigu mais proche du Coliseo où Micaela commence à faire parler d'elle. Elle débute en même temps une carrière amoureuse fort active en compagnie d'un Français nommé Moteu qui, pour mieux filer avec elle le parfait amour, l'enlève et l'installe dans la calle del Huevo, assez mal famée mais qui présente l'avantage de ne pas renfermer de cancanières. Ce déménagement n'empêchera nullement « Miquita » de continuer à aider sa famille et en outre il lui assure la liberté.

Tout cela, Gamuzo le raconte à son vice-roi dont la première question sera pour demander qui est, à ce jour, l'amant en titre de la belle. Et Gamuzo de se tortiller en rougissant de façon fort explicite. Alors, don Manuel :

– Bien. Alors, mon bon, sachez ceci : « Son prochain amant ce sera moi... » Et comme Micaela achève justement une chanson, il se lève, applaudit à tout rompre immédiatement suivi par la salle entière.

Le soir même, la Villegas soupait avec Son Excellence au grand regret du pauvre Gamuzo persuadé qu'il était temps pour lui de se chercher une autre douce amie. Néanmoins, la jeune femme connaissait assez les hommes et aussi son pouvoir pour ne pas céder aux premières sollicitations de son admirateur. Elle va faire tourner celui-là en bourrique tout vice-roi qu'il est et, soir après soir, la haute société de Lima va voir don Manuel de Amat se rendre au Coliseo pour y applaudir la dame de ses pensées. Quand on dit applaudir le terme est faible car notre amoureux mène dans sa loge une vie impossible : quand il ne frappe pas dans ses mains, il trépigne, il adresse des œillades assassines à la jeune femme, il bat la mesure, tape sur le sol avec sa canne quand il n'encourage pas Micaela à haute et intelligible voix. Bref, il fait scandale et plus encore, quand la représentation terminée, il emmène la jeune femme souper dans son palais escortée par des porteurs de flambeaux.

Il faut que cela cesse et Miquita est trop fine mouche pour ne pas le comprendre. Aussi accepte-t-elle enfin de « couronner la flamme de son amoureux » et, du même coup, la fort belle demeure qu'il lui offre dans le quartier de San Marcelà, résidence d'autant plus intéressante qu'un souterrain la relie au palais du vice-roi. Dès cet instant leur liaison va prendre un caractère officiel.

Officielle mais pas pour autant paisible car Micaela est coquette et don Manuel horriblement jaloux. Les scènes sont fréquentes, passionnées d'ailleurs car notre comédienne a découvert avec stupeur qu'elle aime pour de bon son amoureux mais pour rien au monde elle ne le lui laisserait voir. Il faut qu'il continue à se croire obligé de se donner du mal pour garder sa jeune maîtresse.

Le procédé est bon sans doute car l'amour de don Manuel ne faiblit pas. Naïvement fier de sa beauté, il la couvre de tout ce qu'une femme peut souhaiter : elle a toilettes, bijoux, serviteurs, chevaux, tout... sauf un carrosse que seuls les Grands d'Espagne sont autorisés à posséder par la loi. Elle doit se contenter de chevaucher mules ou chevaux et quand, en fin de semaine, tous deux s'en vont à Miraflorès dans la belle maison que possède le neveu de don Manuel, celui-ci voyage dans son carrosse et Micaela suit derrière, sur un animal superbement harnaché et pomponné mais... derrière. Et de cette situation l'orgueil de la jeune femme souffre plus qu'elle ne veut bien le dire.

Le carrosse du Saint-Sacrement

Un soir de juin 1773, un énorme scandale éclate au Coliseo de Lima. Ce soir-là Micaela Villegas joue en compagnie de son administrateur Maza une pièce de Calderón : *Fuego de Dios en querer bien.* Mais elle joue mal. Avant le spectacle, une scène violente l'a opposée au vice-roi et, dans sa loge, celui-ci donne des signes de mécontentement. De son côté, Maza, agacé, houspille sa partenaire : il aurait mieux valu donner le rôle à la Inesilla.

S'il espère la galvaniser il réussit au-delà de ses espérances. Folle de colère, Micaela lève le fouet qu'elle tient pour les besoins de son rôle et, par deux fois, cingle la joue de Maza. Tout de suite c'est la tempête : la salle debout hurle « En prison, la comédienne ! » trouvant là, bien sûr, l'occasion idéale d'extérioriser sa rancœur et sa jalousie. Les femmes naturellement sont les plus enragées.

La lèvre méprisante, la comédienne fait face à l'orage. Des projectiles commencent à pleuvoir et quand elle lève la tête vers la loge royale, elle s'aperçoit qu'elle est vide. Ainsi, don Miguel l'a publiquement abandonnée !... La rage au cœur, elle hausse les épaules et sort de scène sous les huées.

Sans adresser la parole à quiconque, Micaela s'en va changer de vêtements et rentre chez elle. Pour y trouver don Manuel tout à fait furieux mais elle en a autant à son service : il l'a laissée seule en face de cette salle imbécile et si c'est là tout son amour...

Hélas, il n'est plus question d'amour : l'orgueil du grand seigneur a pris le dessus. Après ce scandale tout est fini entre eux et elle peut même s'estimer heureuse qu'il ne l'ait pas obligée à demander pardon à genoux au public.

À genoux ? Le mot la révolte et elle ne s'en cache pas. Tout vice-roi qu'il est, don Manuel n'obtiendra jamais une telle chose alors que jusqu'à présent c'était plutôt lui qui s'agenouillait...

– Tu ne m'y verras plus, s'écrie-t-il hors de lui. J'ai été fou d'oublier qui tu es et qui je suis. Adieu perricholi [1].

Il part en claquant la porte mais Micaela est à jamais baptisée. Pour le Pérou et même beaucoup plus loin, elle est et restera la Périchole.

À la suite de cette rupture, Micaela vit une année difficile. Plus d'amant – le souterrain a été muré – plus de travail. Au Coliseo c'est la Inesilla qui triomphe, cependant que les marques de mépris tombent dru sur sa maison d'où elle ne sort plus guère. Elle s'offre tout de même un amant assez voyant : un certain colonel, don Martin de Armendariz avec qui bientôt elle ne craint pas de s'afficher dans les lieux à la mode. Son courage... et la crainte de l'épée du colonel finissent par en imposer.

Pendant ce temps, il faut bien le dire, don Manuel a recommencé à s'ennuyer. Micaela savait l'enchanter, apporter du piment dans une vie où seul le sommeil lui semblait attirant. Pour tenter de se distraire il a continué de fréquenter le Coliseo mais le talent d'Inesilla, pour estimable qu'il soit, ne parvient pas à faire oublier la Périchole. Il en parle même un jour à l'un des principaux acteurs, Jose Estacio, demeuré un ami fidèle de la proscrite. Celui-ci a la sagesse de ne pas saisir la balle au bond mais de ramener petit à petit le vice-roi à de plus douces pensées : Micaela est toujours amoureuse de lui mais aimerait mieux se couper la langue que de l'avouer. Enfin, un soir, don Manuel se laisse mener jusqu'à la maison de Micaela. On devine la suite : les deux amants tombent dans les bras l'un de l'autre et le souterrain est rouvert. Quelques heures

1. Le mot est difficile à traduire. On hésite entre « chienne enragée » et « chienne de métisse » qui se saurait s'appliquer à Micaela Villegas.

plus tard, Lima apprend que la Périchole a reconquis tout son pouvoir... et même un peu plus.

La soirée du 4 novembre 1775 consacre son triomphe. En raison de son exceptionnel talent, le public lui pardonne ses foucades. Elle donne le meilleur d'elle-même et tandis que les fleurs pleuvent sur la scène, don Manuel bat la mesure avec sa canne. Dès lors, elle sera la première à Lima. Don Manuel lui fait rendre les mêmes honneurs qu'à une reine. Quand naît un petit garçon, Manuelito, les présents pleuvent sur le berceau et les cloches retentissent pour le nouveau-né. Micaela est pratiquement vice-reine. Néanmoins, elle n'est pas encore satisfaite car elle continue à suivre, à cheval, la voiture de son amant. Elle déclare vouloir un carrosse pour y étaler ses riches toilettes et sa beauté.

Refus immédiat et indigné de don Manuel. Son amour à lui ne change rien à sa naissance. Alors elle riposte : sa mère appartenait à la grande famille des Mendoza. D'accord mais des Mendoza il y en a pas mal, quant à son père, mieux vaut ne pas insister. Micaela n'abandonne pas pour autant : un carrosse ou elle s'en va pour l'Europe où il ne manque pas de grands seigneurs assez riches pour lui offrir cette babiole.

Don Manuel boude un grand mois, puis finit par capituler : elle aura son carrosse mais celui-ci continuera à suivre celui du vice-roi. La voiture est commandée : elle sera bleue et or.

Le 2 août 1776, c'est le grand jour. Micaela doit se rendre de chez elle au palais en passant par les rues les plus élégantes et surtout l'Alameda, la rue principale. La foule est énorme; on s'écrase presque pour voir l'objet du scandale et, cette fois, le public est nettement houleux. Il l'est plus encore quand le faîte doré du carrosse tiré par quatre mules blanches apparaît surmonté de plumes bleues. Sur les coussins de satin, Micaela étale ses grands « paniers » de drap d'argent à la mode de Paris. À ses doigts un éventail de dentelles. Les yeux au loin, souriante, elle s'avance sans paraître entendre les grondements de colère et les quolibets...

Soudain, comme le carrosse entre dans la via San Lazaro, apparaît un vieux prêtre portant le Saint-Sacrement à un mourant. Deux enfants de chœur l'accompagnent l'un avec un cierge, l'autre avec une petite cloche au son de laquelle les passants s'agenouillent. Micaela fait alors arrêter sa voiture, descend et se prosterne devant le vieil homme :

– Padre ! Je ne suis qu'une pécheresse et il ne sera pas dit que Dieu ira à pied tandis que je roule carrosse. Montez dans cette voiture : elle est à vous.

Le vieux prêtre sourit et trace sur le front incliné le signe de la bénédiction. Puis il monte avec sa petite escorte dans le somptueux carrosse et la foule qui se faisait une joie de conspuer la Périchole se tait devant ce spectacle : Micaela Villegas, à pied, ses falbalas traînant dans la poussière, va suivre, mains jointes et la tête inclinée cette voiture qui est à présent celle du Dieu vivant...

Hélas, le temps des belles amours tire à sa fin. Les folies de don Manuel ont indisposé la Couronne d'Espagne. L'ordre lui parvient de regagner sa Catalogne natale tandis qu'arrive son successeur. C'est dans une délicieuse demeure, la Quinta del Ricon, que don Manuel et Micaela vivent leurs derniers jours d'amants.

On jure de ne pas s'oublier, de se rester fidèles... puis chacun s'en va vers son destin ; sans trop d'illusions...

C'est don Manuel qui rompra la promesse. Rentré en Espagne, il se marie, à quatre-vingts ans passés avec sa nièce. Seule Micaela va rester fidèle au serment. Elle est riche et d'ailleurs elle n'a plus envie de paraître sur les planches. Par contre, elle va remplacer Maza comme professeur-administrateur du Coliseo.

Elle s'est fait construire dans l'Alameda une ravissante demeure où ses amis trouvent toujours le meilleur accueil. Quand, en 1795, elle apprend la mort de don Manuel elle songe à finir sa vie avec un compagnon. Elle épouse alors un homme de la bonne société, don Fermin Vicente de Echarri et vit, à partir de ce moment, dans la respectabilité et les bonnes œuvres. Il n'était plus du tout question, à Lima, de la Périchole mais de doña Micaela et cela bien avant que le destin n'interrompît, le 15 mai 1819, la vie de celle qui fut sans doute la plus grande comédienne d'Amérique latine...

« LANGE »

du Directoire

Une femme à vendre...

L'homme avait beau s'affubler d'un titre et d'un nom d'emprunt qui ne trompaient personne il n'en était pas moins un ancien garçon perruquier, natif du Nivernais. En dépit de son train royal, le « citoyen-comte de Beauregard » n'était ni comte ni Beauregard. En revanche, c'était le plus authentique filou de cette période post-révolutionnaire cependant fertile en fripouilles de tout poil.

En réalité, il se nommait Lieuthraud et sa spécialité c'était la carambouille, le début de sa fortune lui ayant été fourni par un noble émigré, le vrai comte de Beauregard qui, fuyant la guillotine, lui avait confié ses biens le croyant honnête. Persuadé que le comte ne reviendrait jamais, le coquin s'était considéré comme son héritier après quoi il se lançait dans les affaires, achetant, près de Moulins un gisement minier pour l'exploitation duquel il avait encaissé d'énormes sommes d'argent sans jamais livrer la plus petite once de minerai. Il avait même trouvé mieux : grâce à la complicité de certains membres du Directoire il s'était fait nommer directeur de la fonderie de Moulins ce qui lui permettait de vendre très cher des canons qu'il ne livrait jamais. Sans risques d'ailleurs car la justice, boiteuse en général, était devenue cul-de-jatte dans ces temps joyeux du Directoire où chacun ne songeait qu'à emplir ses poches.

Tous ces menus détails, la belle Élisabeth Lange, la vedette du théâtre Feydeau les connaît bien, aussi considère-t-elle avec curiosité le gros homme qui s'est présenté chez elle ce soir de l'hiver 1795. Ce qu'il dit tient en peu de mots : il est sans doute l'homme le plus riche de Paris ; il possède un château en Touraine, le pavillon de Bagatelle et l'hôtel du prince de Salm mais il manque une chose essentielle à sa gloire : une maîtresse hors du commun, une femme vraiment éblouissante et cette femme, c'est elle.

La proposition est si brutale qu'elle offusque la jeune femme qui cependant en a vu d'autres, elle est sur le point d'éconduire son visiteur quand, s'installant, il déclare vouloir parler affaires. En effet, il se soucie peu d'être aimé : ce qu'il veut c'est que l'on sache que Mlle Lange est à lui. En échange elle aura tout ce qu'elle veut plus dix mille livres par jour.

– Cela fait trois cent mille livres par mois, songez-y !

– J'y songe mais je préfère le terme « par jour ». Il se peut que je vous prenne en grippe et je veux, en ce cas, pouvoir me libérer lorsque j'en aurai envie...

C'est dit avec insolence mais le faux Beauregard est trop content d'avoir réussi ce marché : demain elle recevra les premiers fonds mais ce soir... S'il croit qu'elle va céder tout de suite, il se trompe : elle entend être payée d'avance... mais elle le recevra le lendemain après le spectacle ! Et il n'y a rien à ajouter quelque envie qu'en ait le maquignon. Élisabeth Lange est si belle ! Ce sera donc pour le lendemain... mais, à ce moment, un grand bruit se fait entendre : celui d'une magnifique voiture attelée de quatre chevaux superbes et, comme la comédienne s'étonne, le « comte » déclare qu'il vient d'acheter cet attelage pour elle, en cadeau de joyeux avènement.

Le présent est royal. Pour ne pas être en reste, Élisabeth pense qu'elle peut accueillir dès ce soir son nouveau « protecteur ».

À cette époque, elle a vingt-trois ans. Née à Gênes pendant une tournée de ses parents, comédiens tous les deux, elle a été remarquée à seize ans par la Montansier qui dirigeait à la fois une fameuse troupe théâtrale et une fructueuse affaire de prostitution sous les galeries du Palais-Royal... Un peu plus tard, tandis que sa protectrice achetait le théâtre de Beaujolais – aujourd'hui théâtre du Palais-Royal – elle entrait à la Comédie-Française et s'y trouvait tout de suite au premier plan grâce aux hommes mis en place par la Révolution jusqu'au jour funeste où son rôle dans *Paméla* choqua les convictions d'un patriote qui s'en alla dénoncer les comédiens au Comité de Salut public. Robespierre, peu sensible aux beautés du théâtre, envoya toute la Comédie-Française en prison et Mlle Lange se retrouva à Sainte-Pélagie en compagnie de Mlle Raucourt, des deux Contat et de sa chère Montansier.

Heureusement pour elle ses amis veillaient. On l'installa dans la fameuse *pension* Belhomme où elle resta jusqu'à la chute du propriétaire. L'ombre de la guillotine se rapprocha du joli cou de la comédienne. Mais Barras veillait et le jour où Mlles Lange et Montansier devaient être transférées à la Conciergerie, elles se retrouvèrent tout simplement dans la rue. Le 9 thermidor approchait. Barras devint quasiment roi et la belle Élisabeth fut en quelque sorte sa reine comme on l'a chanté depuis dans *La Fille de Madame Angot*.

La vie reprit de plus belle et la jeune femme, engagée au théâtre Feydeau en devint la grande vedette, ne comptant plus ses admirateurs. L'un d'eux, un banquier nommé Hopé lui offrit un hôtel particulier puis une petite fille que l'on nomma Palmyre, que l'on mit en nourrice.

Si dépravé que fut le Tout-Paris d'alors, il s'y trouvait tout de même des gens pour déplorer le couple mal assorti que formait la jeune femme et Lieuthraud-Beauregard. Elle était fine, cultivée, élégante et lui un paysan à peine dégrossi. Néanmoins, comme il avait le goût et le sens du faste, elle réussit à le supporter durant une année ce qui lui permit d'ailleurs de surpasser ses rivales par ses folies. On parla longtemps de la fête que donna l'ancien perruquier dans l'hôtel du prince de Salm où l'on fit une loterie ne comportant que des gagnants et où les lots étaient tous des bijoux de prix.

Curieusement d'ailleurs, le jour où Mlle Lange donne son congé à son nabab celui-ci est à la veille de gros ennuis. Bonaparte qui rentre chargé des lauriers moissonnés en Italie est un homme curieux et il va s'occuper d'un peu près des affaires trop fructueuse de notre coquin. Arrêté en juin 1798, le faux comte est envoyé au bagne pour quatre ans et l'on ignore ce qu'il y devint. Élisabeth qui avait si bien su tirer à temps son épingle du jeu ne le pleura pas. D'autres amours l'attendaient et elle aimait trop la vie pour s'encombrer de regrets.

C'est à un bal de l'Opéra qu'elle va rencontrer un jeune Bruxellois riche et de bonne famille venu là pour oublier un récent divorce et aussi pour essayer d'obtenir des commandes de fournitures de bourrellerie et de carrosserie pour les armées. Il se nomme Michel Simons.

Le jeune homme tombe instantanément amoureux de cette éclatante créature si simplement vêtue de mousseline blanche... et d'une cascade de diamants. L'ami qui l'accompagne tente alors de le mettre en garde : cette femme est sans doute la plus belle de Paris mais elle est vénale et elle a déjà ruiné plus d'un homme. Mais comme il n'est pire sourd que celui qui ne veut pas entendre, Michel Simons put ce soir-là s'incliner sur la main de la belle et recevoir une invitation à dîner.

En l'escortant chez Élisabeth, l'ami qui l'avait présenté tenta un dernier effort pour le mettre en garde contre le danger que représentait cette trop jolie femme. Peine perdue : Simons était déjà éperdument amoureux.

Or, les cœurs simples et sincères possèdent sans toujours le savoir des armes d'une étrange puissance. Ce soir-là, oubliant ses principes un rien mercantiles, la belle Lange tomba amoureuse de ce Bruxellois timide dont les yeux bleus la regardaient avec une adoration si ingénue. Elle eut soudain envie de le connaître mieux, de garder auprès d'elle un amour aussi pur. Prenant le bras du jeune homme, elle l'entraîna à travers ses salons pour le présenter à ses invités comme s'il était un personnage des plus importants. Naturellement, elle l'invita à revenir. Aussi souvent qu'il le souhaiterait.

Il ne se le fit pas répéter. On put le voir attendre Élisabeth dans sa loge au théâtre pendant les représentations puis l'emmener souper au Rocher de Cancale, chez Véry ou Aux Trois Frères provençaux. Il portait son châle ou son bouquet, la couvrait de fleurs et de billets tendres, se comportant en résumé comme un parfait chevalier servant. La comédienne appréciait ce compagnon qui se dévouait si entièrement sans avoir seulement tenté d'obtenir d'elle un baiser. Il la traitait en reine et c'était pour elle chose toute nouvelle que cet amour qui se doublait de respect...

Le rire de l'Empereur

Paris sourit d'abord de l'idylle presque ingénue qui s'était nouée entre Élisabeth Lange et le jeune Bruxellois. Puis, intriguée par cette romance, la ville engagea des paris : était-il son amant ? De fait, il ne l'était pas parce qu'il n'osait pas demander à son idole ce qu'elle était toute prête à lui accorder et cette situation n'était pas le moindre des embarras de la comédienne amoureuse comme une grisette pour la première fois de sa vie. Elle qui, jusque-là, avait administré son corps comme un fonds de commerce, éprouvait en face de cet homme sincère des pudeurs de jeune fille et un vague dégoût de sa conduite passée. Elle ne savait comment lui dire combien elle l'aimait....

Ne sachant comment s'y prendre, elle en parle, un matin, à Jeannette, sa vieille et fidèle femme de chambre. Et ce qu'elle dit stupéfie la brave femme : son Élisabeth ne songe-t-elle pas à abandonner le théâtre et ce qui s'ensuit pour épouser Simons qui vient tout juste de lui demander sa main ! Or, pour cette femme entièrement dévouée à la comédienne, c'est une idée stupide. Le mariage est une chose grave dont il ne sort jamais rien de bon quand on est faite pour régner sur les hommes.

Seulement, cette fois, Jeannette perd son temps. Jamais personne n'a offert à Mlle Lange de l'épouser et c'est une proposition qui lui va droit au cœur. En revanche et pour rendre à son ami un peu du bonheur qu'il vient de lui donner, Élisabeth lui propose de faire venir à Paris la petite fille qu'il a eue de son premier mariage et de veiller sur elle. Bien sûr, Simons est touché et, pour marquer sa gratitude à son aimée, il s'en va acheter pour elle et l'enfant le joli château de Montalais sur les hauteurs de Meudon.

Pourtant, alors que les deux amoureux font des essais de vie familiale avec la petite Élise, un gros nuage en forme de vieux Bruxellois à principes, se rassemble au-dessus d'eux : le père Simons, bourrelier de son état, n'entend pas voir son fils épouser une comédienne. Il est d'une humeur d'autant plus massacrante que sa fille vient de s'enfuir pour rejoindre un bel officier de l'armée de Sambre-et-Meuse sans sou ni maille. C'en est trop ! Le vieux monsieur s'embarque pour Paris bien décidé à jouer avec la « théâtreuse » la grande scène du père Duval avant même *La Dame aux camélias*. Néanmoins la vie lui réserve une surprise.

Lorsqu'il arrive à Paris, il ignore qu'Élisabeth, inquiète, a demandé à sa meilleure amie, Julie Candeille, d'assister à l'entrevue. Or, lorsqu'il entre dans son salon, Élisabeth constate que le père de Michel n'est pas tout à fait le vieillard cacochyme qu'elle attendait : c'est un homme d'une cinquantaine d'années, grand et fort, avec un visage ouvert et sympathique. Mais elle a tout juste le temps de faire ces constatations car son visiteur vient de remarquer Julie et fonce sur elle. Apparemment ils se connaissent depuis une certaine soirée de Bruxelles. Et ils semblent tellement heureux de se revoir que Mlle Lange se demande si elle ne ferait pas mieux de se retirer. Néanmoins, estimant qu'il faut vider l'abcès, elle demande à son visiteur pour quelle raison il a souhaité la rencontrer. Et le miracle se produit :

– Je voulais seulement savoir si mon fils vous avait bien dépeinte, fait-il aimablement. En vérité, il était fort au-dessous de la vérité.

L'entrevue qui promettait d'être orageuse se terminera par un dîner à quatre chez Véry.

Il faut reconnaître à Jean Simons d'être l'homme des décisions rapides. Il commence par accorder son consentement au mariage de son fils mais s'arrange pour le gagner de vitesse et, au mois d'août, il épouse Julie Candeille alors qu'Élisabeth et son fils ne se marieront qu'en décembre.

Le jeune ménage commence par mettre en vente l'hôtel de l'ex-Mlle Lange mais s'installe un peu plus loin, dans la même rue Chantereine dans une superbe demeure en compagnie de la petite Élise qui adore sa nouvelle mère. D'ailleurs, la fortune de Michel va croissant. Les relations d'Élisabeth – surtout avec Talleyrand ! – sont fort utiles à son époux et l'or coule à flots entre les jolis doigts de Mme Simons.

Hélas – pour eux tout au moins – les temps changent. Devenu consul à vie Bonaparte entend faire rendre gorge aux « profiteurs de guerre ». Simons prend peur au point de faire offrir à Louis Bonaparte, le frère du maître, son hôtel que celui-ci envie et propose de le lui céder à tel prix que ce geste lui vaudra d'être regardé moins dangereusement par le consul qui, cependant, ne perd pas de l'œil le jeune financier.

Pendant ce temps, l'ex-Mlle Lange s'est muée en la plus sage et la plus fidèle des épouses. C'est ce qu'elle fait entendre au peintre Girodet, fort amoureux d'elle, à qui Michel Simons a commandé le portrait de sa femme. Or, Girodet est un homme orgueilleux qui n'admet pas qu'une ancienne femme facile lui résiste. Une fois, deux fois, il revient à la charge et toujours avec le même résultat : Élisabeth aime son époux et ne veut pas le tromper. Obstiné, il croit à une défense de façade et finit par recevoir le salaire de son obstination : une paire de gifles dont il jure de tirer vengeance. Néanmoins, Élisabeth l'a mis en garde : son époux tire aussi bien à l'épée qu'au pistolet.

Il en faut plus néanmoins pour calmer un mâle outragé. Le jour de l'ouverture du Salon où le portrait est exposé, il se jette dessus, le lacère à coups de couteau, jette les débris à terre et les piétine avant de s'enfuir en courant à la stupéfaction générale.

Sa rage néanmoins n'est pas apaisée. Il veut se venger de façon encore plus éclatante : travaillant jour et nuit, il parvient à exposer, avant la fin du Salon une nouvelle toile, franchement répugnante il faut bien le dire : Mme Simons y est représentée entièrement nue sur une couche couverte de pièces d'or avec, auprès d'elle, un dindon ressemblant furieusement à son époux et portant, pour que nul n'en ignore, un anneau conjugal à la patte. Naturellement, le scandale est énorme.

Girodet y perd une part de sa réputation et s'attire la réprobation et la méfiance des femmes. On juge son procédé d'autant plus lamentable qu'alerté par le miniaturiste Isabey, ami de Mme Simons, et par sa femme, Bonaparte a fait hautement savoir sa réprobation. Il exige le retrait immédiat de la toile scandaleuse. Élisabeth n'aura pas à souffrir de cette aventure. Mlle Lange est bien morte. Mais pas oubliée. Le 22 avril 1806, elle espère recevoir sa consécration de femme respectable. Bonaparte, en effet, a cédé la place à Napoléon Ier et Joséphine, sachant que son ancienne voisine a des ennuis du fait de la guerre que l'Empereur a déclarée à ceux qu'il appelle « les trafiquants », a cru bien faire en l'invitant à un bal aux Tuileries.

Pour cette fête, Élisabeth s'est préparée comme s'il s'agissait d'une bataille et, en vérité, elle est bien belle. Hélas, quand Napoléon fait le tour des salons, il repère vite cette femme si belle qui s'incline devant lui avec grâce. Il s'arrête devant elle.

– Qui êtes-vous, Madame ? Je ne vous connais pas...

Les joues soudain brûlantes, la jeune femme plonge dans sa révérence :

– Madame Simons, sire....

– Ah oui, je sais....

Puis, éclatant d'un rire qui est la pire des insultes, il tourne les talons et s'éloigne. Jamais Élisabeth n'oubliera ce rire-là. Pour l'instant elle commence par s'enfuir, malade de honte et, de toute la nuit, elle ne ferme pas l'œil, persuadée que ce rire marque le glas de leur fortune à elle et à son époux. Et elle a raison : trois mois plus tard, Napoléon fait réviser les comptes de Simons. L'enquête va durer deux ans et, en dépit des amis du couple, dont Talleyrand, le verdict est redoutable : Michel Simons est condamné à verser au Trésor un million de francs : c'est la ruine.

Dignement Élisabeth s'efforce d'aider son époux. Heureusement elle et Michel sont mariés sous le régime de la séparation de biens et c'est ce qui leur permettra d'achever leur vie dans la dignité.

Après la catastrophe, elle suit son mari à Bruxelles dans la vieille maison de la rue des Blanchisseries où elle va demeurer jusqu'en 1818 date à laquelle, sa santé le réclamant, elle va s'installer avec son époux sur les bords du lac Léman, au château de Bissey. La fin approche. Les médecins conseillent le climat plus chaud de l'Italie mais il est déjà trop tard. Le 2 décembre 1825, celle qui avait été l'une des reines de Paris s'éteignait doucement dans les bras de son cher époux, ce bourgeois de Bruxelles pour qui elle n'avait voulu être que l'ange du foyer...

La trop jolie

BARONNE DE VAUGHAN

Un rendez-vous galant...

Un soir de l'automne 1898, alors que le paquebot *Chili* en provenance d'Amérique du Sud, via Dakar, approche de son quai à Bordeaux, un jeune couple – visiblement des amoureux – regarde approcher cette terre de France où ils ont décidé de bâtir un bonheur qu'ils espèrent durable.

Il y a pourtant bien peu de temps qu'ils se connaissent. Tout juste depuis qu'à Dakar, le lieutenant Emmanuel Durieux est monté à bord et qu'il a posé les yeux sur la jeune Blanche Delacroix, âgée de quinze ans seulement mais parée d'une de ces beautés rares qui chavirent les cœurs les mieux ancrés. Il a été ébloui. Quant à Blanche, l'arrivée de ce jeune homme élégant, charmeur, aimant le faste lui a fait l'effet d'un rayon de soleil dans un océan de grisaille : celui d'un retour au bercail aussi dépourvu de gloire que d'espoir. Et ce voyage est loin d'être le premier !

Blanche Delacroix est née en Roumanie. Son père, un tout jeune ingénieur lillois a dû s'expatrier pour fuir le ressentiment de sa famille ulcérée par un mariage trop hâtif avec une jeune fille de condition très modeste. Blanche est le treizième enfant d'un couple beaucoup plus riche de rejetons que d'argent et, très tôt, elle fait l'apprentissage d'une vie difficile. Puis, quand la gêne est devenue misère on l'a envoyée à Paris chez sa sœur aînée Mariette, de vingt ans plus âgée qu'elle qui acceptait de s'en charger.

Mariette qui faisait profession de galanterie, vivait alors avec un certain Du Péage – un nom fait sur mesure – dont elle se lassa d'ailleurs assez vite au profit d'un riche Argentin qui les emmena, elle et Blanche, à Buenos Aires où elles devaient mener une vie fastueuse. Hélas, l'arrivée dans ce port illustre marqua la fin des bonnes relations entre les deux sœurs. Mariette s'avisant brusquement de la rayonnante beauté de sa cadette, lui voua soudain une amère jalousie qui déchaîna une scène au cours de laquelle l'aînée tenta de massacrer avec des ciseaux l'opulente chevelure blonde qui était l'un des principaux attraits de la jeune fille. Prise de peur, la pauvre enfant ne trouva rien de mieux, pour se mettre à l'abri de la furie que de reprendre en sens inverse le bateau qui l'avait amenée sur cette terre inhospitalière. C'est ainsi que, rentrant mélancoliquement, elle vit en Durieux une sorte de réponse du Ciel à ses incessantes prières. D'autant qu'elle se disposait depuis un moment déjà à suivre le chemin tracé par Mariette. Or le jeune homme semblait riche...

Une fois débarqués, les deux jeunes gens s'installent à l'hôtel de Bayonne et entreprennent de se prouver l'un à l'autre leur amour. Pour Blanche, c'est une révélation merveilleuse. Quant à son compagnon, il avoue volontiers qu'il ne s'est jamais senti aussi épris. Mais la vie à Bordeaux ne lui paraît pas une fin en soi et il décide que l'on va « monter » à Paris et que là, lui et Blanche se marieront. Il est d'ailleurs tout à fait sincère.

À Paris, ils s'installent au Claridge, l'un des palaces les plus luxueux des Champs-Élysées puis Emmanuel, qui tient la toilette pour un sûr élément de succès offre à sa chère Blanche deux ou trois robes de chez Creed, un couturier alors en vogue. Celle-ci est enchantée et pense que sa vie sera désormais un long conte de fées... malheureusement elle va bientôt perdre ses illusions car le plus clair des revenus de son amant lui viennent du jeu auquel il s'adonne avec passion. Chaque jour il part sur les champs de courses ou pour le casino d'Enghien et Blanche apprend bientôt à faire dépendre l'abondance et le raffinement de ses repas des gains ou pertes d'Emmanuel. Tantôt on soupe chez Maxim's tantôt on mange frugalement dans la chambre d'hôtel. Mais les nuits sont toujours égales à elles-mêmes bien qu'on ne parle plus guère de mariage.

Dans la journée, la plupart du temps la jeune femme s'ennuie. Elle lit des magazines ou sort, erre longuement en regardant les vitrines luxueuses. Pourtant, elle devine dans les yeux des hommes que son existence pourrait devenir moins précaire et, un beau jour, elle accepte de recevoir la visite d'une dame Mohilov qui lui a fait passer sa carte en assurant qu'elle vient pour affaire importante.

Celle-ci est une femme élégante, aimable, souriante et ornée de fort beaux bijoux. Elle s'annonce d'ailleurs comme veuve d'un joaillier... et messagère bénévole d'un des riches clients de son défunt époux, une haute personnalité qui désire vivement rencontrer la plus jolie femme de Paris. Encore naïve, Blanche déclare alors qu'elle recevra volontiers cette personne mais la dame Mohilov pousse de hauts cris. Sa jeune amie y pense-t-elle ? Un personnage illustre dans un hôtel ? La rencontre ne peut avoir lieu que là où elle conduira Blanche le lendemain si celle-ci veut bien lui faire confiance. De cela d'ailleurs un immense avenir peut découler...

L'aventure est tentante. Et puis Blanche s'ennuie tellement ! « Qu'est-ce que je risque ? » pense-t-elle en pénétrant le lendemain dans un élégant immeuble de la rue Lord-Byron où elle trouve, assis dans un fauteuil, un homme très grand, déjà âgé, d'allure imposante et dominatrice dont le visage est prolongé par une barbe blanche taillée en carré. Auprès de lui un autre personnage dont la tournure révèle le militaire en civil se tient debout dans une attitude pleine de respect. Blanche pense alors qu'elle a déjà vu le vieil homme quelque part. Mais où ?

Sans lui adresser la parole, il la regarde avec une attention gênante et c'est son compagnon qui fait les frais de la conversation. Il fait parler, sourire la jeune femme. Il la fait lever, marcher comme s'il s'agissait de la préparer à un spectacle. D'abord étonnée, Blanche finit par prendre un certain plaisir à cette curieuse démonstration surtout quand son interlocuteur, s'adressant au grand barbu l'appelle machinalement « Sire »... Ce dernier alors, ouvre la bouche et laisse tomber une seule syllabe : « Bon ! »

Sur ce mot, le militaire et la dame Mohilov sortent et le vieil homme s'approche de Blanche :

– Qui pensez-vous que je sois ? demande-t-il

– Je crois que vous êtes le roi Oscar de Suède.

– Non mais peut-être suis-je Léopold de Belgique.

Et il annonce à Blanche qu'elle lui plaît assez pour qu'il souhaite l'emmener à Badgastein où il a coutume d'aller prendre les eaux. Si cela lui convient, elle doit se tenir prête à partir et comme, abasourdie, elle balbutie qu'elle ne sait comment faire, il rétorque que si elle se pose la question c'est que le voyage l'intéresse. Néanmoins, il lui conseille de ne pas rêver tout haut... Pour clore l'entretien, il lui déclare qu'elle devra l'appeler « Très Vieux » et que lui l'appellera « Très Belle » ce qui simplifiera les relations.

Blanche est plus que séduite quand la dame Mohilov lui remet 20 000 francs pour qu'elle s'habille. Dans deux jours elle partira pour rejoindre le Roi, mais là-bas elle devra observer une grande discrétion car celui-ci ne veut pas de scandale...

Blanche n'y tient pas non plus. En ce qui concerne Durieux, sa décision est déjà prise car elle a trop envie de tout ce qu'elle peut obtenir d'un protecteur aussi puissant que le célèbre roi des Belges. Mais, ayant horreur des scènes, elle se contente d'écrire à son amant une lettre fort décousue, assez échevelée même et à laquelle il ne comprendra pas grand-chose car elle y annonce son départ pour l'Amérique du Sud !

Selon les meilleures traditions, Blanche laisse la lettre bien en vue puis, le cœur léger s'en va prendre le train pour Badgastein à la tête de nombreux bagages. Les dernières quarante-huit heures passées chez les couturiers, bottiers, modistes et autres ont été sans doute les plus enivrantes de sa vie et l'âge de Léopold II disparaît glorieusement derrière la magie de son argent vite dépensé. La dame Mohilov n'a-t-elle pas dit que ce n'était que pour « les premiers frais » ?.... D'ailleurs, la jeune femme sait, comme tout le monde, que le roi des Belges n'a que deux passions dans la vie : le Congo qu'il a obligé son royaume à accepter presque de force et dont il tire des revenus fabuleux... et les femmes. L'avenir ne saurait se montrer plus rose.

Mariage morganatique

Les précautions que prenait Léopold II pour cacher ses liaisons extraconjugales ne lui réussissaient jamais. Tôt ou tard survenait un événement pour le confondre. C'est ainsi qu'à Badgastein, il rencontre le roi Carol de Roumanie qui soigne lui aussi ses rhumatismes et bientôt l'Europe entière, grâce au Roumain, connaît la jeune et ravissante inconnue qui accompagne le souverain belge. L'Europe et, bien entendu, sa famille, une famille qui n'a guère besoin de ce supplément de soucis.

La reine Marie-Henriette, née archiduchesse d'Autriche, est une femme noble et pieuse qui surmonte avec une extrême dignité l'incompréhension conjugale. Elle a perdu son fils, le petit duc de Brabant, mort à quatorze ans. Quant aux trois filles issues de ce mariage, elles ont toutes vécu d'incroyables romans. L'aînée, la princesse Louise a épousé le prince Philippe de Saxe-Cobourg, fêtard impossible et brutal qui l'a rendue si malheureuse qu'elle n'a pas hésité à se chercher des consolations dans l'amour d'un bel officier hongrois, le comte Mattachich : brouille avec Léopold qui a soutenu le mari et fait enfermer sa fille dans une « maison de santé ». La deuxième, Stéphanie, a épousé son cousin, l'archiduc Rodolphe de Habsbourg, le triste héros de Mayerling. Elle aussi est en froid avec son père pour avoir prétendu refaire sa vie... Quant à la troisième, la charmante princesse Clémentine qui n'a pas encore quitté le toit paternel, elle, a noué de tendres liens avec le prince Victor-Napoléon, en exil à Bruxelles, ce qui gêne fort la politique paternelle envers la République française. Léopold ne veut d'ailleurs pas entendre parler de ce mariage et Clémentine qui s'est d'abord inclinée va singulièrement changer sa façon de voir les choses au bruit de la nouvelle idylle de son père.

Car le caprice est devenu passion et, après le séjour dans la cité thermale, Léopold II, qui a renvoyé Blanche à Paris, s'est vite aperçu qu'il ne pouvait vivre sans elle. Comme il ne peut passer son temps à Paris, il fait installer, dans un coin écarté du vaste palais de Laeken, un petit appartement discret auquel on accède facilement par une porte ouvrant au fond du parc. Une fois par semaine, Blanche Delacroix prend le train pour Bruxelles, y passe la nuit et repart le lendemain, étroitement voilée, par le train de cinq heures du matin.

Bien sûr, ce sera bientôt le secret de Polichinelle et peut-être se fût-on contenté d'en sourire si la reine des Belges n'était morte, en septembre 1902, à Spa, dans la solitude qu'elle s'était choisie depuis de longs mois... Le Roi qui se trouve alors à Luchon avec Blanche, est accouru en toute hâte en faisant montre d'un chagrin peut-être sincère, mais une première vague d'indignation secoue le peuple belge quand il refuse à sa fille Stéphanie d'assister aux funérailles de sa mère. Cette indignation va croître avec le temps car la mort de la Reine inaugura le règne absolu de la favorite promue *baronne de Vaughan*. Cette folle passion qui le lie à la jeune femme, Léopold va la payer de sa popularité, de sa gloire et faire oublier sa réelle grandeur. Le souverain qui a donné à son pays une indéniable prospérité ne sera bientôt plus pour lui que l'amant trop âgé donc un peu ridicule d'une gourgandine...

Celle-ci cependant, indifférente aux flèches dont la crible la presse belge, vit sereinement un rêve fabuleux. Couverte d'or et de joyaux, installée dans une somptueuse demeure, la villa Van der Borght qu'un pont relie au parc de Laeken, elle reçoit tout et plus encore que ce dont elle rêvait : elle possède le château de Balincourt et on lui construit, sur la Côte d'Azur, la villa Léopolda, à Beaulieu-sur-Mer. Elle a des équipages, un parc automobile, des dizaines de domestiques, les plus beaux bijoux et les plus belles fourrures cependant qu'à Paris la princesse Louise, échappée à son asile de fous mène une vie si précaire qu'il lui faut vendre jusqu'à ses vêtements car ni ses créanciers ni la haine de son époux ne désarment. Pas plus que celle de son père : il paiera ses dettes si Louise renonce à son amour pour le comte Mattachich.

Généreux par nature, le peuple belge ne comprend pas cette attitude alors que la Vaughan étale un luxe insolent. Car Blanche est plus que reine et l'amour du vieux roi tourne au délire quand, le 9 février 1906, l'enfant qu'elle met au monde dans le Midi reçoit le titre de duc de Tervueren qui n'est d'ailleurs pas un titre belge car aucun ministre n'eût accepté d'en signer le décret fût-ce au prix de la disgrâce. Tous les espoirs des Belges sont désormais incarnés dans l'héritier du trône qui est le neveu de Léopold, le jeune prince Albert qui a épousé la princesse Élisabeth de Bavière et forme avec elle un couple exemplaire tissé d'amour, de simplicité et d'une dignité qui forcera un jour l'admiration du monde entier. Auprès de leur simple noblesse, le train tapageur de Mme de Vaughan paraît vulgaire et choquant. D'autant que le roi a cessé à présent toutes relations avec sa dernière fille.

Clémentine, en effet, a osé faire des remontrances à son père. En réponse, elle a reçu l'ordre d'assister au théâtre du Parc à une représentation donnée par la Comédie-Française où elle s'est trouvée la voisine de loge de la baronne. Bien plus, à la sortie, la princesse a dû attendre que l'équipage de la favorite soit avancé. Le lendemain, elle quittait le Palais-Royal pour n'y plus revenir et se réfugiait en France. Mais qu'importait à Léopold ? Le 16 novembre 1907, la chère baronne lui donnait un second fils et le Roi songeait à abdiquer pour vivre en paix auprès de sa « famille ».

L'Église alors s'en mêle et met le Roi en demeure de renvoyer la belle Blanche. Hélas, c'est mal connaître son obstination. Il y a un moyen de tout arranger c'est d'épouser morganatiquement sa bien-aimée. Celle-ci a un éblouissement : même dans ses rêves les plus fous, elle n'a jamais rien imaginé de tel et se range bien vite à cette solution. D'autant que la santé du Roi n'est pas des meilleures : il se rend fréquemment en France pour y soigner sa goutte et c'est au cours d'un de ces voyages qu'il est victime d'un malaise grave. Il est atteint de paralysie intestinale et se sait perdu bien que les médecins s'efforcent de croire à la réussite d'une opération chirurgicale. Il déclare que « les médecins tuent toujours un homme en vie lorsqu'il est vraiment malade ».

Le 14 décembre, dans la demeure bruxelloise de Blanche, il épouse sa maîtresse en présence du baron Snoy et du baron Goffinet. Le chanoine Coorsman officie. Après quoi le Roi met ordre à ses affaires. À sa chère Blanche, il lègue sa collection de tableaux et confie à un valet de confiance, pour les lui remettre après sa mort, six malles contenant la fortune qu'il lui destine. Après quoi il se remet aux chirurgiens.

Tout se passe au mieux encore que les praticiens demandent trois jours pour répondre de la vie du malade. Blanche ne quitte pas son chevet. D'ailleurs, à l'exception d'un court instant accordé à la princesse Clémentine et d'une entrevue avec celui qui va être le roi Albert Ier, il refuse farouchement de voir ses autres filles.

Au soir du second jour, il est pris d'éternuements violents. La fin vient très vite et il ne reste plus à la « veuve » qu'à se retirer. Mais elle va connaître des jours difficiles : des scellés sont mis sur ses biens et il faudra l'amitié d'un directeur de banque pour qu'elle récupère les fameuses malles. Elle réussira à les faire passer en France en déclarant qu'elles contiennent des partitions musicales.

Installée à Paris, elle y retrouve... Emmanuel Durieux dont on peut penser qu'il n'a jamais vraiment disparu de son horizon. Elle l'épousera même, en août 1910, ce qui donnera un état civil convenable à ses fils que Durieux adopte. Mais le ménage ne marchera guère car Emmanuel, toujours aussi prodigue, commence à faire fondre la fortune de sa femme qui s'en épouvante. Elle divorcera en 1913.

Durieux disparaît alors de sa vie. Il sera tué en 1917 mais, dès 1914, une cruelle épreuve attendait Mme de Vaughan : son fils Philippe mourait à l'âge de sept ans.

Dès lors, elle disparaît du monde, se retire au pays Basque à Cambo avec Lucien, son fils aîné. Il y a acheté une maison, le chalet Saint-Jean et n'en bougera plus. C'est là qu'elle meurt, le 12 février 1948, sans plus jamais attirer l'attention de ses contemporains.

Elle était

LA GOULUE...

Un p'tit artilleur

Blanchisseuse de son état, la mère Weber avait des principes. Entre autres celui-ci : une gamine de quatorze ans ne doit pas traîner, le soir, dans les bals de quartier ! Mais, principes ou pas, c'est exactement ce que fait sa fille Louise, soir après soir et sans que rien, prières ou menaces, parvienne à lui faire entendre raison, même les portes et les fenêtres closes. Et ce soir de juin 1878, dans sa boutique fermée car il se fait tard, la mère Weber fait les cent pas, chauffant sa colère à d'amères réflexions et ne cessant de répéter que « tout ça finira mal ». Elle se tue au travail dans cette blanchisserie où Louise met rarement les pieds préférant courir danser avec tous les voyous de Clichy. Quand il lui arrive d'y venir, c'est uniquement pour y essayer le beau linge des clientes riches et caresser jupons et chemises brodés, foisonnants de ces dentelles fines qui semblent l'hypnotiser.

Ce ne serait rien, mais le grand désespoir de la mère c'est cette maudite danse pour laquelle sa fille montre un penchant qui frise la passion. Qu'un joueur d'orgue de Barbarie passe dans la rue et voilà la gamine qui commence à se trémousser... En vérité ce n'est pas une vie et l'avenir paraît bien sombre à la pauvre femme.

Tout de même voilà Louise qui revient et son aspect ne rassure guère la mère : l'œil terne, la bouche lasse et la robe chiffonnée, elle n'a pas fière allure mais, incontestablement elle ne ressemble pas à tout le monde : elle est grande pour son âge, la Louise, et solide. Belle aussi, à sa manière avec sa tignasse de flamme, son teint de lait, ses yeux durs et ce corsage qui menace si souvent de craquer aux coutures. Et le caractère va avec le reste. Quand elle trouve sa mère en train de l'attendre c'est elle qui attaque : qu'est-ce qu'elle fait là au lieu de dormir ? Elle l'attend ? Pour quoi faire ? Elle sait bien où était sa fille : au bal ! C'est le seul endroit qui l'intéresse.

Une bouffée de colère empourpre le visage de la blanchisseuse de fin.

– Malheureuse, gronde-t-elle. Et ta vertu ?

L'éclat de rire de Louise lui coupe le souffle. C'est un rire sec, sans fraîcheur et déjà canaille :

– Ma vertu ? Si tu passes par l'île Saint-Ouen et pour peu qu'elle ait été un peu patiente, elle y est encore.

La gifle part, lancée à bout de bras par une femme à bout de nerfs. Louise va rouler à terre mais refoule ses larmes. Vaut mieux pas que sa mère se mette à la taper sinon, un jour, elle s'en ira. Ce sera simple : elle n'aura qu'à se mettre en ménage avec un garçon.

La mère Weber préfère abandonner le champ de bataille. Elle comprend obscurément qu'il n'y a rien à faire et que, si elle veut garder sa fille, il lui faut passer sur cette tocade de la danse. Quant à la « vertu » puisqu'il faut en faire son deuil, autant n'en plus parler !

En fait, depuis un an, ladite vertu n'est plus qu'un souvenir. Louise avait treize ans quand, se promenant dans l'île Saint-Ouen alors à peu près sauvage, elle a rencontré un jeune artilleur qui passait par là. C'était l'été. Il faisait beau et la chaleur montait dans l'air bleu mais sous les peupliers, près de l'eau, il faisait presque frais... Louise s'est étendue sur l'herbe après avoir dégrafé son corsage pour mieux respirer. Alors le garçon s'est approché. Tous deux ont échangé quelques mots puis, tout à coup, il s'est penché sur elle, l'a embrassée et Louise s'est sentie devenir toute molle....

Elle s'est donnée à lui sans même savoir ce qui lui arrivait et puis, à la tombée du soir, le garçon est parti pour rentrer à sa caserne en promettant de revenir. Ce qu'il ne fit jamais et Louise qui ne savait même pas son nom l'a attendu en vain. Avec confiance d'abord puis avec désespoir et, enfin, avec une sorte de rage qui n'a trouvé d'épanchement que dans la fièvre violente de la danse au milieu des rires des hommes, de la fumée du « gris » qui embrumait les cabarets de barrières où elle aimait aller vider les fonds de verre avec son oncle, un brave cocher de fiacre. C'est même à cause de cette avidité à lamper les fonds d'absinthe qu'on l'a surnommée « La Goulue »...

Toute sa vie le surnom lui restera comme lui restera, jusqu'à l'heure de sa mort, le souvenir de celui qu'elle ne cessera d'appeler avec une tendresse dans la voix « mon p'tit artilleur ! »

À seize ans, Louise court toujours de bal en bal et, pour se faire un peu d'argent, vend des fleurs le soir, sur les boulevards. Elle a déjà eu pas mal d'amants et sa mère, qui se sent vieillir, l'a fait entrer comme ouvrière dans une blanchisserie de la rue Neuve-de-la-Goutte-d'or. Elle y va de temps en temps mais, surtout, elle fréquente désormais les bals de La Chapelle, de Montmartre et de la porte Saint-Denis. C'est une semi-liberté qui plaît assez à cette créature drue, rieuse et forte en gueule sur les pieds de laquelle il vaut mieux ne pas marcher. De jolis pieds d'ailleurs et qui terminent des jambes magnifiques que la grande Louise se plaît à montrer.

À cette époque, elle fréquente Auguste, le garçon du lavoir et, soir après soir, on peut rencontrer le couple dansant au Petit Ramponneau, au Bal de l'Ermitage, au Bal des Vertus, au Grand Turc ou au Capucin. Un soir même, ils iront au Moulin de la Galette.

C'est un bal de campagne célèbre qui appartient depuis toujours aux Debray qui furent d'abord meuniers du couvent des dames de Montmartre pour finir par ouvrir, dans leur ancien moulin, ce bal où les tonnelles fraîches attirent grisettes, cocottes et artistes peintres. C'est là que Louise va être abordée par un homme barbu, bon enfant, dont le sourire et les yeux vifs ont quelque chose d'attirant.

Cet homme lui propose de venir poser pour lui. Il s'appelle Auguste Renoir et il ajoute qu'il lui donnera cinq francs par séance. Cinq francs ! Presque une fortune à une époque où une ouvrière gagne à peu près un franc cinquante par jour. Louise pense que, pour le prix, il demandera autre chose mais non, Renoir ne pense qu'à la peinture.

Louise n'y retournera pas souvent mais elle a appris que l'on pouvait gagner de l'argent ainsi et que même il existe à Pigalle une louée aux modèles. Des peintres, il y en a de tous les genres, des vrais et des fumistes. Plus d'une fois Louise laissera glisser son peignoir en sachant très bien qu'elle ne gardera pas longtemps la pose. Le garçon de lavoir a disparu très vite mais qu'importe à La Goulue ? On commence à la connaître sous ce nom au Moulin de la Galette. Elle gagne de l'argent en posant, autant d'amants qu'elle en veut et, en plus, elle peut danser toute la nuit si cela lui chante.

Elle trouve même un engagement à l'Élysée-Montmartre où une étrange créature efflanquée et décolorée, portant le nom harmonieux de Nini-patte-en-l'air forme une sorte de quadrille renouvelé des anciens chahuts de barrière. On y lève haut la jambe pour la plus grande joie des vieux marcheurs du quartier. Une fille aux dents écartées nommée poétiquement Grille d'égout et une autre appelée Boute en train vont composer avec La Goulue le fameux quadrille qui va connaître bientôt une large célébrité.

C'est à l'Élysée-Montmartre qu'un soir, La Goulue remarque un petit bonhomme contrefait aux jambes atrophiées qui en font un véritable nain en dépit d'un torse de taille normale. Il a une barbe noire et porte lorgnon sous un chapeau melon posé bien droit sur sa tête et, s'il jette de temps en temps un coup d'œil aux danseuses, il ne cesse de crayonner sur un bloc à dessin avec une sorte de fièvre.

– Dis-donc, lui lance La Goulue, si c'est mon portrait que tu fais, tu sauras qu'on me paie pour poser !

– Viens chez moi ! Je te paierai mais je préfère saisir les mouvements de la danse...

Néanmoins, il jette quelques pièces sur la table mais La Goulue les repousse...

– Tu peux y aller ! Je ne veux pas de ton argent.

Et elle retourne danser tandis qu'il continue son dessin. Ce peintre porte l'un des plus grands noms de France. Il s'appelle Henri de Toulouse-Lautrec. Lui et la Goulue vont devenir des amis...

La bataille du pont Caulaincourt

La Goulue est venue chez Toulouse-Lautrec pour poser mais aussi pour passer avec lui des moments qui n'ont avec la peinture que de très lointains rapports. Elle s'est même attendrie, elle toujours si dure, en apprenant que son infirmité lui vient d'une chute de cheval survenue lorsqu'il était enfant. Elle l'aime bien et, plus d'une fois, elle montera chez lui pour le seul plaisir.

Naturellement, elle lui a trouvé un surnom : elle l'appelle « la Cafetière » mais elle sait mettre une tendresse dans cet étrange mot d'amour. Le moment est venu d'ailleurs où, grâce à lui, grâce aussi au nouveau bal qui ouvre le 6 octobre 1889, tout juste quand Paris vient d'inaugurer la tour Eiffel et de fêter le premier centenaire de la Révolution, La Goulue va connaître vraiment la gloire. Ce bal, c'est le Moulin-Rouge...

Le vieux Zidier propriétaire dudit Moulin avec les frères Oller, a remarqué La Goulue à une soirée du Grand Véfour où, costumée en laitière, elle présentait un numéro de danse quasi acrobatique au milieu d'une foule d'hommes en habits qui pour bien montrer leur enthousiasme faisaient pleuvoir sur elle les louis d'or.

– Si tu veux danser chez moi, lui dit-il, je te donnerai huit cents francs par mois.

Huit cents francs ? Un vrai pactole ! La Goulue ne se le fait pas dire deux fois et elle se retrouve bientôt sous les lambris tout neufs de ce qui va être le cabaret le plus célèbre de toute l'Europe. Elle y retrouve aussi des connaissances : son amie Grille d'égout, Nini-patte-en-l'air et une nouvelle, Rayon d'or, avec qui elle va former ce que l'on appelle le Quadrille réaliste. Il y a aussi un homme, un long garçon maigre comme un clou mais souple comme un chat que l'on appelle Valentin le Désossé.

C'est un type celui-là ! Dans la journée, il est clerc de notaire mais, le soir venu, le démon de la danse s'empare de lui et le jette gesticulant et battant d'incroyables entrechats au milieu du tourbillon criard des robes de soie rouges, vertes, orange ou mauves des filles haut troussées pour montrer les bas noirs et les dessous blancs abondamment fanfreluchés.

Le quadrille connaît le triomphe et bientôt le Tout-Paris masculin s'écrase dans l'atmosphère enfumée du célèbre bal dans le tintamarre des cuivres, les rires des filles et le glissement souple des garçons impavides qui servent champagne et absinthe. De grands seigneurs se mêlent aux notaires en mal d'encanaillement : le duc de Talleyrand, le prince Poniatowski, le duc de Sagan, le comte de La Rochefoucauld, le prince Troubetzkoy et, toujours, Henri de Toulouse-Lautrec et son crayon qu'il promène souvent sur les nappes de papier.

Entre le peintre et La Goulue, il n'y a plus qu'une camaraderie familière. C'est à Jane Avril, la chanteuse, la vedette du Moulin-Rouge que Toulouse-Lautrec s'intéresse à présent mais cela ne fait ni chaud ni froid à La Goulue. Son cœur s'en est allé, une fois pour toutes, à la suite d'un petit artilleur inconnu qu'elle n'a jamais revu. Les autres hommes ne sont, à ses yeux, que des machines à dispenser le plaisir et l'argent.

De l'argent elle en a beaucoup maintenant et on peut la voir se promener dans Montmartre, avec un air de défi insolent, un bouc qu'elle mène au bout d'une laisse de prix, symbole de son pouvoir sur les hommes et aussi de son mépris.

Elle a aussi une ennemie, mortelle celle-là. C'est une Algérienne nommée Aïcha, que Zidler a engagée pour varier un peu les plaisirs et offrir des danses mauresques à ses clients. Entre la grande fille rousse et celle à la peau cuivrée, la guerre a tout de suite éclaté. La Goulue déteste la fille de couleur qu'elle appelle « la mal blanchie » et avec quel dédain ! Mais Aïcha trouve un jour sa revanche quand Zidler expose dans la salle du Moulin-Rouge le portrait que Toulouse-Lautrec vient de faire de son ennemie. Le pinceau incisif du peintre, cruel comme une arme n'a fait grâce à la danseuse ni de son visage vulgaire, ni des taches rouges de ses pommettes ni de ses seins affaissés et Aïcha, plantée devant le tableau s'est esclaffée en hurlant de joie .

– Ah la la ! C'qu'elle est moche ! Non mais r'gardez-moi c'te binette ? Qu'est-ce qu'elle peut être moche !

La Goulue lui est tombée dessus comme la foudre, toutes griffes dehors et grinçant des dents de fureur. Il faudra que les autres danseuses les séparent mais Louise n'est pas calmée : elle écume. Elle braille que l'autre ne perdra rien pour attendre et qu'elle la retrouvera.

– Où tu voudras, fait l'autre et sans courir !

– Alors cette nuit, à une heure du matin et sur le pont Caulaincourt...

La nuit suivante, les deux ennemies se retrouvent face à face au milieu de ce pont qui enjambe le chemin de fer. C'est la lune seule qui va éclairer cet étrange duel mais les combattantes ne sont pas seules. Le bruit de la rencontre a fait le tour du quartier et il y a là une véritable foule : toutes les filles de Montmartre, tous les souteneurs, quelques apaches et un certain nombre de fêtards plus le Tout-Moulin-Rouge.

Ils en auront, sinon pour leur argent, du moins pour leur déplacement et pour une belle bataille c'est une belle bataille et qui va faire date. La Goulue et Aïcha y vont de bon cœur à coups de pied, de poings, de griffes et de dents. Heureusement personne n'a eu l'idée de leur donner des armes sinon l'une d'elles, et peut-être même les deux, resterait sur le carreau.

Finalement c'est La Goulue, folle de rage, qui a le dessous. Son ennemie a réussi à l'acculer au parapet. Elle tient sa gorge entre ses mains nerveuses et tout en serrant, elle courbe l'autre en arrière, encore et encore. La danseuse voit le moment où elle va atterrir droit dans le cimetière et pousse un cri rauque. Deux voyous jugeant que la plaisanterie a assez duré et craignant l'arrivée de la police se décident enfin à séparer les combattantes. En connaisseurs, ils estiment que l'honneur est sauf pour l'une comme pour l'autre.

Il ne reste plus aux deux femmes qu'à rentrer chez elles pour s'y soigner et pendant quelques jours Zidler devra fermer boutique car ni l'une ni l'autre ne veut montrer un visage tuméfié et pavoisé aux couleurs de l'arc-en-ciel. Mais, quand La Goulue revient au cabaret, le dangereux portrait a été retiré...

Cependant, le temps passe. Arrive celui où il devient pénible de danser. Bien pourvue d'argent, La Goulue a monté un bal forain que Toulouse-Lautrec lui décore et qui marcherait bien à condition qu'elle le veuille mais elle s'est mise à boire, à boire de plus en plus et l'alcool va lui faire descendre un à un tous les degrés de la déchéance. Devenue une énorme commère teinte, plâtrée et croulante, elle va non seulement revenir à son point de départ ce qui ne serait pas une catastrophe mais atteindre les profondeurs de la misère.

En 1929, une vieille femme édentée, à cheveux blancs, se présente au 84, du boulevard Rochechouart. C'est une maison célèbre à Montmartre car elle a abrité jadis le premier Chat Noir, puis le Mirliton qui était le cabaret d'Aristide Bruant. À présent c'est une maison hospitalière tenue par des religieuses. La femme demande du travail. Elle est prête à faire n'importe quoi si l'on veut bien la nourrir et l'abriter. On l'engage comme femme de ménage mais par pure charité car il est bien évident qu'elle n'a plus beaucoup de forces.

Pourtant elle fait de son mieux, heureuse d'avoir trouvé une sorte de foyer et d'avoir fui une abominable solitude mais elle est vraiment usée par le rhum et la vie insensée qu'elle a menée. Bientôt c'est l'agonie et elle demande un prêtre.

Quand il se penche sur son lit, elle lève vers lui des yeux sans couleur qui ont perdu la dureté d'autrefois :

– J'voudrais m'confesser, chuchote-t-elle humblement, mais est-ce que vous croyez que l'Bon Dieu voudra m'pardonner ? C'est moi qu'j'étais La Goulue...

CASQUE D'OR

Une fleur des « fortifs »...

En 1952, un admirable film de Jacques Becker ressuscitait l'ombre évanouie d'une femme qui, au début du siècle, fut en quelque sorte l'Hélène de Troie des faubourgs mais qui surtout consacrait la beauté et l'immense talent d'une des plus grandes comédiennes de notre temps, Simone Signoret, auprès de laquelle Serge Reggiani et Claude Dauphin jouaient les deux hommes qui se livrèrent pour elle une guerre sans quartier. À ce chef-d'œuvre, le réalisateur de *14 Juillet*, oubliant l'histoire, donnait le tragique couronnement de la guillotine dans un petit matin blême. Selon lui, c'était la fin logique d'un roman plein de bruit et de fureur. Il arrive bien souvent aussi que la mort soit une consécration. Et c'est à Jacques Becker que je demande pardon si, en racontant l'histoire de Casque d'Or, reine du pavé s'il en fut, j'ai l'impression de le trahir.

Née quelque part sur les talus de Vincennes des jeux nocturnes de deux ivrognes, elle s'appelait Amélie Hélie et poussa un peu au hasard comme le pissenlit, la pâquerette ou le trèfle à quatre feuilles. Comme on ne sait rien ou presque de ses parents on ignore lequel des deux lui légua sa chevelure éclatante, sa beauté canaille et sa sensualité à fleur de peau.

Ses « vieux » s'occupent si peu d'elle qu'à treize ans, elle se met en ménage avec un gamin qui n'en a pas seize. Le père, s'il est souvent saoul, n'est pas aveugle et pense qu'il y a peut-être mieux à faire qu'à laisser sa fille aux mains d'un garnement : il interrompt un peu brutalement la romance et ramène Mélie au logis à coups de pied. Elle n'y restera pas longtemps ; un certain Bouchon passe par là. Il est marchand des quatre-saisons – officiellement ! – mais c'est aussi un beau gars au physique avantageux. Il habite quelque part sur les hauteurs de la Courtille et c'est là qu'il installe Mélie qui peut paresser au lit jusqu'à cinq heures de l'après-midi. Une fois réveillée, elle se fait belle et, tandis que son homme va taper le carton à La Tête de cochon ou à La Renommée du vermouth, la trop jeune femme s'en va faire le trottoir pour le plus grand bien des finances de son homme qui délaisse de plus en plus sa voiture à bras et ses choux-fleurs. Il les délaisse même tellement qu'il finit par se comporter en tyran. Si Mélie ne lui rapporte pas douze francs par jour, elle aura droit à une correction.

Celle-ci finit par prendre peur. Ne dit-on pas que Bouchon a proprement pendu sa première femme, la Môme Café ? Un beau soir, au lieu d'arpenter son coin de bitume, elle se sauve, abandonne la Courtille pour la Contrescarpe où elle va errer deux ou trois jours sans trop savoir que faire. C'est là qu'un soir où échouée sur un banc, elle se demande comment manger, elle voit venir à elle un jeune homme blond et vigoureux dont le visage ne lui est pas inconnu. De fait, il est lui aussi de la Courtille et il la cherche. Mais pas pour la ramener à Bouchon qui clame partout qu'il va la tuer. Il s'appelle Manda et s'il est souteneur comme Bouchon soi-même, il est de taille à défendre « sa femme » car il est le chef de la Bande des Orteaux, agréable association de cambrioleurs qui pratique aussi le rackett avant même que les Américains en aient l'idée.

Manda n'est pas son vrai nom, en réalité, il s'appelle Joseph Plaigneur, ancien apprenti échappé à une maison de correction. Il est à la fois violent et plein de douceur et auprès de lui, Mélie va connaître de bons moments : il la gâte, la dorlote, lui porte son café au lit et quand il ne « travaille » pas, il va à la chasse... dans les poulaillers de Montreuil ou à la pêche à Saint-Mandé traquer la carpe dans le lac Daumesnil. Le dimanche, on va danser et manger une friture dans les guinguettes au bord de la Marne. La bonne vie, en somme !

Pendant quatorze mois, ils vont former le plus uni des ménages mais la jeune femme est fantasque et trouve un rien trop calme la vie qu'elle mène. Alors, elle le trompe, d'abord avec un certain Rolland puis avec un garçon qu'on appelle Henri de Montmartre. Or Manda est jaloux. Elle le sait et, cruellement, elle aiguillonne cette jalousie. Le soir, dans les bistrots où ils se retrouvent, des bagarres éclatent à cause d'elle. Les couteaux voient la lumière et souvent Manda se bat. Il arrive même qu'il soit blessé. Alors Mélie se change soudain en tendre infirmière. Elle aime que les hommes se battent pour elle. Elle prend un vif plaisir à soigner son amant.

Un soir pourtant, le 20 décembre 1901, elle estime qu'elle en a assez fait et, profitant d'une absence de Manda, elle prend la fuite, se réfugiant chez une amie nommée Berthe. Celle-ci est une bonne fille qui, voyant Mélie un peu désœuvrée, ne sachant trop sur quel pied danser, l'emmène dans des bistrots et des bastringues. C'est dans un café du boulevard Voltaire qu'elle lui présente un ami : Leca, un Corse de vingt-sept ans, un homme du milieu celui-là et comme Manda, chef de bande. La sienne, celle que l'on appelle Les Popincourt est par-dessus le marché l'ennemie jurée de celle des Orteaux.

Mélie tombe follement amoureuse de Leca. Or celui-ci n'est pas libre. Sa « femme », Germaine Van Maelle, répond au doux sobriquet de La Panthère ce qui n'est pas fait pour décourager Mélie. Ce qu'elle veut, elle l'obtient toujours et, en la circonstance, elle veut Leca.

Le Corse ne résiste pas longtemps à cette belle fille qu'il a d'ailleurs sciemment séduite en lui révélant – c'est un ancien Bat' d'Af' – qu'il est tatoué sur tout le corps. Enfin, il sait pousser la romance. Une nuit, ils quittent ensemble la guinguette où ils ont dansé durant des heures et Leca emmène sa conquête chez lui, à Charonne. Cette fois, les jeux sont faits : la guerre de Troie peut commencer.

Les hostilités débutent peu de jours après, alors que Leca promène sa conquête dans la rue. Deux passants l'assaillent : Manda et Heill, l'un de ses hommes. C'est celui-ci qui joue du couteau mais la blessure est bénigne et Mélie n'aura pas à déployer beaucoup de talent pour remettre son homme sur pied. Néanmoins, pendant qu'elle le soigne, les Orteaux viennent manifester sous sa fenêtre à coups de revolver. Manda s'est juré en effet de reprendre celle qu'il aime. Alors il lance un défi et, dans la nuit du 5 janvier 1902, à l'extrémité de la rue Planchat qui touche alors aux fortifications, un combat en règle oppose les deux bandes. En tête, les deux chefs : Manda assisté de son lieutenant Polly et Leca que soutient son second Eros.

Bataille sanglante où plusieurs hommes sont blessés à commencer par Leca que l'on ramène plein de sang chez sa maîtresse. Celle-ci fait ce qu'elle peut pour éviter l'hôpital qui sous-entend automatiquement la police, mais le Corse est trop sérieusement touché : bientôt il faut l'emmener à Tenon. Tout de suite, les journaux s'emparent de l'affaire et l'on commence à parler d'une certaine fille en qui les gens de plume voient la « reine des Apaches »...

Une fois opéré, Leca reçoit, bien sûr, la visite de Mélie. Sa fabuleuse chevelure impressionne une infirmière qui dit à son patient :

– Quels cheveux ! On devrait l'appeler Casque d'Or...

Le surnom est trouvé et dûment repris par les journalistes, ne quittera plus Mélie.

Visite moins agréable au chevet du blessé : celle du commissaire Deslandes qui, naturellement, cuisine de son mieux Leca mais sans rien en obtenir. La loi de la pègre, en pareil cas, prescrit le silence. On ne peut sans manquer à l'honneur dénoncer un adversaire et Leca, en bon Corse, se veut un homme d'honneur.

Guéri, ou à peu près, le chef des Popincourt reçoit enfin la permission de quitter l'hôpital. Mélie, alors vient le chercher en fiacre accompagnée de plusieurs de ses compagnons. Manda, en effet, a juré de ne pas en rester là et pourrait dire comme jadis César Borgia : « Ce qui ne s'est pas fait le soir peut se faire le lendemain. » Il faut donc prendre des précautions.

Pas inutiles d'ailleurs, les précautions. Comme la voiture passe rue de Bagnolet, Mélie reconnaît soudain, à travers la vitre, Polly le lieutenant de Manda. Elle crie alors au cocher d'accélérer l'allure mais en vain. L'homme s'est jeté sur le marchepied, ouvre la portière et sa main armée d'un couteau frappe Leca par trois fois. Celui-ci s'écroule :

– Cette fois, Mélie, j'ai mon compte...

Et on le ramène à moitié mort à l'hôpital Tenon.

Music-hall et cour d'assises...

Que ce soit grâce à une constitution particulièrement robuste ou au talent des médecins de l'hôpital, toujours est-il que Leca se rétablit contre vents et marées. Mélie le ramène chez lui mais cette fois sans accident. Les journaux s'occupaient de plus en plus du couple et la jeune femme, sous son nouveau sobriquet de Casque d'Or connaissait une vraie célébrité. Très lucrative d'ailleurs car elle recevait des « invitations » d'amateurs beaucoup plus huppés que ses clients habituels. En outre, le couple avait la paix car la police, stimulée par les journaux, était lancée aux trousses de Manda à qui elle reprochait, outre ses récents exploits, toute une série de cambriolages.

Devant cette situation critique, l'ex-amant de Mélie décida de prendre le large et s'en alla chercher refuge chez un vieil ami, Albert Jupeau, dit Bébert la Jupe qui, avec son épouse Sylvie, une « gagneuse » avec laquelle il vivait depuis des années fort bourgeoisement et fort tranquillement. Tous deux aimaient bien Manda qui, pour eux, était un homme, un vrai, mais après avoir examiné la situation, ils en vinrent à la conclusion que Paris ne lui valait rien. Le mieux était de filer à l'étranger au moins pour un temps et, plein de générosité, Bébert remit à son copain une somme d'argent assez ronde pour lui permettre de vivre en Angleterre. Et le voilà parti.

Peut-être eût-il définitivement échappé à son sort s'il avait choisi un pays plus conforme à ses goûts mais il en eut vite assez du brouillard londonien, de la cuisine anglaise et de la bière tiède. Puis il y avait Mélie qu'il ne parvenait pas à oublier. Le mal du pays joint au mal d'amour le conduisirent sur le bateau du retour. Néanmoins, il eut la sagesse de ne pas regagner ses pénates et d'aller s'installer dans l'île Saint-Pierre, à Alfortville où il mena une sage existence de petit retraité jouant à la manille et pêchant à la ligne.

Malheureusement dans le modeste hôtel où il a pris pension, se trouve un indicateur de la police. Un matin, la maison est cernée et Manda dûment arrêté. On instruit son procès et Casque d'Or est convoquée comme témoin mais lorsqu'elle voit celui qu'elle a aimé, encadré de deux agents et les menottes aux poignets, elle se laisse aller à son émotion : elle va vers le prisonnier, le prend dans ses bras et l'embrasse.

Elle est elle-même au seuil de la gloire. Un directeur de music-hall du boulevard Saint-Martin l'engage pour qu'elle se produise chez lui et, très vite, c'est le succès pour « le Bruyant Alexandre ». Leca bien sûr est ravi car la vie s'annonce belle mais il oublie un peu la bande des Orteaux, indignée de les voir se vautrer dans le luxe, lui et sa maîtresse, tandis que Manda croupit en prison. La police d'ailleurs pense de même. Un chahut monstre est organisé contre la chanteuse qui doit abandonner momentanément les représentations.

Pendant ce temps, néanmoins, les affaires de Leca se gâtent. Le juge d'instruction l'a convoqué pour le confronter avec Manda mais cela ne donne rien : fidèle à leur code de l'honneur, les deux hommes gardent un silence méprisant. La police est leur ennemie commune mais si la faculté leur en était donnée, ils s'entre-tueraient dès le lendemain.

C'est ce que va essayer de faire le reste de leur bande. Boulevard Voltaire, à trois contre trois on se fusille avec ardeur. Ce n'est plus la guerre de Troie – mais le combat des Horaces et des Curiaces. Leca mène au combat ce qui reste de sa troupe. Pas pour son bien : il est blessé une fois de plus mais il ne saurait être question de rejoindre Mélie qui va se produire aux Bouffes-du-Nord où l'on monte une sorte d'opérette dont elle est l'héroïne *Casque d'Or, reine des Apaches*... Un ami, Marcel, comme naguère Bébert pour Manda, lui donne les moyens de gagner la frontière et c'est à Bruxelles que se retrouve l'amant de la belle Casque d'Or. Celle-ci a d'ailleurs été convoquée par le commissaire Deslandes mais elle ignore tout de la fusillade du boulevard Voltaire.

La préfecture de police n'a pas l'air de la croire et, par représailles, menace le directeur des Bouffes-du-Nord de fermer son établissement s'il s'obstine à employer Mélie. Ce qui va inspirer à un journaliste les lignes suivantes :

« On empêche une courtisane pauvre de risquer sa chance sur les planches pour la renvoyer à son trottoir. » Et, dans le beau monde, on s'indigne. Au point qu'un artiste en vogue, Albert Dépré, propose à la jeune femme de faire son portrait qui sera exposé au Salon. C'est compter sans la vindicte de la police qui fait interdire l'exposition du tableau.

Pendant ce temps, les affaires de Leca se gâtent de plus en plus. Comme son confrère Manda, il est tombé sur un indicateur et se voit arrêté avec son lieutenant Erbs. On le ramène à Paris où la nouvelle consterne Mélie : avec le casier qu'il a, Leca est bon pour le bagne.

En attendant, Manda va affronter les assises : Casque d'Or y est citée comme témoin. Le Tout-Paris s'écrase dans la salle pour voir cette créature célèbre mais Mélie a changé : elle sait désormais s'habiller et c'est en tailleur gris à revers verts, sa chevelure éclatante surmontée d'un béret de plumes noires qu'elle paraît à la barre. Elle va déposer en faveur de Manda en vertu d'une politique bien simple : c'est lui qui est en danger pour l'instant, pas Leca dont le procès n'est pas encore annoncé. C'est ce dernier qu'elle charge quitte, quelques mois plus tard, à renverser la vapeur et à charger Manda, déjà condamné au bénéfice de Leca. Peine perdue : le jury envoie Manda au bagne à perpétuité. Ceux de ses hommes jugés avec lui écoperont d'un peu moins. C'en est fini : Manda ne reverra plus Casque d'Or.

On lui fait de nouvelles propositions : le directeur du théâtre de La Chapelle lui propose un engagement. Hélas, cette fois, c'est un manifeste des habitants du quartier qui s'oppose à sa carrière. Alors, un autre courageux se présente : le dompteur Mark. Veut-elle apprendre à maîtriser les fauves elle qui sait si bien maîtriser les hommes ? Pourquoi pas ? Et Mark annonce bientôt « la dompteuse masquée ». En effet Mélie se présente sous un loup de velours noir... qui ne trompe pas la police. Voilà encore une carrière qu'il faut abandonner.

Cependant le jour du procès de Leca et d'Erbs approche à la grande angoisse de Mélie qui tremble pour son amant favori. La séance s'ouvre le 20 octobre. La sentence différera de celle de Manda : les deux hommes n'auront que huit ans de bagne mais ensuite subiront la relégation à vie.

Le coup est moins dur pour Mélie qu'elle ne le craignait. Peut-être parce qu'elle s'y est préparée. Et puis un éditeur lui propose d'écrire ses mémoires, aidée bien sûr par un « nègre ».

Jugements rendus, Manda et Leca sont acheminés vers La Rochelle d'où ils gagneront le pénitencier de Saint-Martin-de-Ré puis, de là, les îles du Salut. Sachant à quel point ils se haïssent, les gardiens prennent soin de les tenir éloignés l'un de l'autre. De même à bord du transport *La Loire* qui les emmène vers la Guyane. On se demande au fond pourquoi car, avant d'embarquer Leca s'est marié. Mais pas avec Mélie : il a épousé à Fresnes son ancienne amie Germaine Van Maelle. Une femme celle-là et qui, en 1910, quittera la France pour vivre avec lui sa peine de relégation.

De son côté Manda avait appris la sagesse. Pas plus que son ennemi, il ne tenta une évasion vouée à l'échec. En outre, l'ancienne terreur a développé la part de douceur qui, dans son caractère, avait séduit Mélie. Souhaitant sincèrement se racheter, il a obtenu une place d'infirmier et, désormais, il aidera les médecins dans leur tâche avec autant de dévouement que d'intelligence. C'est seulement en 1935 qu'il mourra à l'âge de cinquante-neuf ans, devenu un homme exemplaire.

Quant à Mélie que Francis Carco rencontra rue des Rosiers peu avant la Première Guerre mondiale, elle était, à trente-cinq ans, prématurément vieillie. Néanmoins, le 27 janvier 1917, elle épousait un ouvrier vernisseur, André Nardin, à la mairie du XXe arrondissement. Il avait quinze ans de moins qu'elle et, avec lui, elle fit l'apprentissage de la vie honnête. Tous deux faisaient sur les marchés de la banlieue est le commerce de bonneterie et de tissus, ce qui leur permit d'élever quatre neveux et nièces. Une dure existence quand la santé n'est pas fameuse. En 1941, celle qui avait été Casque d'Or mourut, minée par la tuberculose. Elle repose au cimetière de Bagnolet.

PIAF...

à jamais sublime..

De P'tit Louis à Marcel Cerdan...

Un visage, deux longues mains diaphanes, une silhouette noire si menue, si droite dans son immobilité qu'on l'oubliait mais aussi, mais surtout une voix... Immense, déchirante, à briser les micros, à bouleverser les cœurs les plus fermés, une voix que la mort elle-même n'a pu éteindre et qu'aucune autre, si belle soit-elle, n'a jamais réussi à égaler...

La vie d'Édith Piaf, à qui la considère en essayant de fermer sa mémoire aux échos de cette voix, apparaît comme un mélodrame invraisemblable qui laisse loin en arrière *Les Deux Orphelines* ou *La Porteuse de pain*. Rien n'y manque : le ruisseau, la misère, les prostituées, le miracle, la fille-mère, l'enfant abandonnée, plus une kyrielle de princes plus ou moins charmants.

Elle est née sur un trottoir devant le 72, rue de Belleville, en plein hiver et en pleine guerre, le 19 décembre 1915. Sa mère, une chanteuse de beuglant nommé Line Marsa, alcoolique puis morphinomane, l'abandonne. Elle a tout de même un nom, celui de son père, un acrobate de cirque. Elle s'appelle Édith Giovanna Gassion et si elle n'est pas morte dans la rue c'est grâce à sa grand-mère maternelle, une curieuse femme d'origine kabyle qui s'en est occupée et à son père qui veille tout de même sur elle...

Édith a un peu plus de deux ans quand Gassion, épouvanté par sa maigreur et l'état de saleté où elle vit l'emmène chez Louise, sa propre mère, en Normandie. Celle-ci vit à Bernay où elle pourrait être cuisinière chez un notaire ou un pharmacien mais, comme avec Piaf rien n'échappe aux couleurs d'un mauvais roman, Louise est cuisinière dans un bordel et, au fond, c'est une chance car les pensionnaires de la maison vont chouchouter la petite fille. « Mes meilleures années ! » dira Piaf plus tard en riant.

Dieu sait si elle a besoin de soins car, à trois ans, elle est aveugle. Branle-bas de combat dans ce qui pourrait être la Maison Tellier. Toutes « ces dames » ont bon cœur et elles aiment la petite. Alors, comme Lisieux n'est pas bien loin, elles font des neuvaines à sainte Thérèse... et Édith recouvre la vue. Toute sa vie – elle demeurera très pieuse – elle gardera une vénération pour la petite carmélite normande, même si, de temps en temps, elle lui demandera des grâces qui relèveraient davantage d'un gourou ou de l'acrobatie.

On s'est vite aperçu qu'elle aimait chanter et aussi qu'elle possédait une voix fort peu en rapport avec son corps frêle qui n'atteignait par tout à fait un mètre cinquante. La mort de Mémé Louise la ramène à Paris. Elle a quinze ans et il faut travailler pour manger. Alors elle travaille dans une blanchisserie, ou fabrique des couronnes mortuaires... La nuit, elle chante dans les bals musette : à l'As de cœur, rue des Vertus, au Tourbillon, rue de Tanger et ailleurs. Même les souteneurs séduits par sa façon de chanter lui donnent volontiers un peu d'argent C'est l'un d'eux, d'ailleurs qui, l'ayant entendue dans la rue, l'a conduite chez un copain bistrot... Elle a retrouvé aussi Momone, sa demi-sœur, avec qui elle vit... en principe.

Et puis, à seize ans, elle rencontre P'tit Louis, un livreur en triporteur de dix-neuf ans. Ils s'aiment... et neuf mois plus tard vient au monde une petite fille, Marcelle, devenue automatiquement Cécelle pour une mère qui, au fond, ne sait trop qu'en faire. Ni d'ailleurs de P'tit Louis avec qui elle rompt bientôt. Le garçon, lui, tient à sa fille et s'apercevant qu'Édith et Momone la déposent volontiers dans un coin de porte pour chanter dans les rues (le travail régulier a disparu depuis la grossesse), il récupère l'enfant. La jeune mère ne s'y oppose pas. Elle aime son bébé mais ne se sent pas faite pour les soins maternels. Néanmoins, quand elle apprend, au bout de quelques semaines que Cécelle est aux Enfants malades avec une méningite, elle y court... Pour la trouver morte et à la morgue. Désespérée elle coupera une petite mèche de cheveux... avec une lime à ongles. Il faut penser à l'enterrement, elle n'a pas d'argent et P'tit Louis pas davantage. Dans un bar de Pigalle, après avoir bu quelques verres pour se donner du courage elle chante. On l'applaudit, elle récolte quelques francs mais trop peu. Alors... elle essaie même le plus vieux métier du monde : un client la suit mais elle est tellement jeune, minable et si visiblement bouleversée qu'il l'interroge. Pourquoi fait-elle ça? « C'est pour enterrer ma gosse... » L'homme paiera mais ne consommera pas...

Toute sa vie, Piaf qui ne s'était pas cru maternelle, gardera plantée comme une épine au fond du cœur l'image de la petite Cécelle.

Édith continue à chanter. Elle a vingt ans en 1935 quand Louis Leplée, le patron du Gernys la remarque et l'engage. Enfin sortie de la misère, elle commence à être connue quand s'abat une nouvelle catastrophe. Leplée est assassiné à coup de revolver par un client qui vide la caisse. Mais le client en question passe pour être l'amant de « La Môme Piaf » comme l'a baptisée Leplée. Il n'en faut pas plus pour que la presse se déchaîne contre la chanteuse en ajoutant, pour faire bon poids, qu'elle porte malheur. Un seul journaliste Marcel Montarron et un photographe de *Détective* prendront sa défense. Mais la bonne étoile semble veiller : Piaf rencontre Raymond Asso, comédien et compositeur. Durant trois années il va enseigner toutes les techniques à la jeune chanteuse, et lui écrire des chansons. C'est le succès... et la rencontre avec Paul Meurisse. Un amour étrange entre celle qui est encore un peu une fille des rues et ce gentleman élégant et sceptique.

Avec lui, elle aborde le théâtre, joue *Le Bel Indifférent*, grand succès de 1940. Mais l'amour ne dure pas. Henri Contet entre alors dans sa vie, et lui aussi apportera beaucoup sur le plan artistique, l'obligeant par exemple à supprimer presque entièrement des gestes par trop excessifs : « Ta voix et ton visage suffisent. Tu n'es pas un comique... »

Piaf compte maintenant beaucoup d'admirateurs, des amis intéressants : Maurice Chevalier, Mistinguett, mais aussi les compositeurs Michel Émer et Marguerite Monnot. Puis elle fait la connaissance d'Yves Montand. Il débute avec elle au cinéma dans *Étoiles sans lumière...* et devient son amant.

En 1946, elle fait équipe avec Les Compagnons de la chanson et particulièrement avec leur chef Jean-Louis Jaubert. C'est avec le groupe qu'enfin elle traverse l'Atlantique pour chanter au Play House un cabaret à la mode. Mais quand elle se produit seule sur scène, le courant ne passe pas. Les Américains ne comprennent rien à cette petite femme maigre, si triste dans sa robe noire... Furieuse, Piaf veut repartir : ces gens sont irrécupérables ! Mais quelqu'un s'oppose à son départ : il s'appelle Eddie Lewis, joueur de foot, et promet de tout arranger. Un critique dramatique vient à son secours, Virgil Thompson. À eux deux ils font campagne pendant qu'Édith apprend quelques chansons en anglais. Cette fois, on l'engage au Versailles, un cabaret follement luxueux de Broadway, c'est un triomphe qu'elle revendique d'ailleurs férocement en déclarant au patron :

– Quand je chante, moi, on ne graille pas...

En effet on soupe au Versailles. Le directeur est scandalisé : les plus grands se produisent chez lui et personne n'a jamais osé.. Eh bien, Édith, elle, ose. C'est ça ou rien ! Et elle gagne : le service sera interrompu pendant son tour de chant. C'est à cette époque que Piaf rencontre Marlene Dietrich avec qui elle développera une grande amitié.

Un soir, dans la salle il y a un Français qu'elle a déjà rencontré une fois en 1942. Il est champion d'Europe de boxe et, en Amérique, il vient de remporter deux importantes victoires coup sur coup : il s'appelle Marcel Cerdan. C'est un homme comme on en voit peu : sans complications, solide comme ses poings, d'une grande générosité et d'une parfaite droiture. Un roman commence qui va entrer dans la légende...

« Non, je ne regrette rien... »

Le premier contact entre ces deux natures donne un curieux résultat : après le spectacle, Cerdan a invité Piaf à souper mais au lieu de l'emmener dans un restaurant élégant, il l'a entraînée dans un snack-bar où il a commandé le menu qu'il juge le meilleur : hot dogs, ice cream et bière. Elle sort de là furieuse et sans avoir rien avalé. Le boxeur est navré. Il croyait avoir bien fait les choses et le lui dit. Ce qui la fait éclater de rire. Alors, on efface tout et on recommence. Cette fois dans l'un des restaurants les plus chics et, au dessert, c'est Édith qui invite Marcel à rentrer avec elle... C'est vraiment le début d'un amour. Édith est en extase :

– C'est un type pur et droit. Avec lui tout paraît simple.

Néanmoins, son amie Ginou qui ne la quitte guère et qui vit en principe avec l'un des Compagnons de la chanson, Guy Bourguignon, essaie de la mettre en garde : Cerdan est marié et, à Casablanca où il vit, sa femme Marinette veille sur leurs trois enfants. Piaf alors répond qu'elle ne lui demande pas de divorcer. Simplement, elle l'aime et elle est payée de retour.

En fait, ils vont vivre ensemble, rue Leconte-de-Lisle à Paris, chez Édith, se surveillant l'un l'autre pour ne pas entraver leurs carrières respectives. Édith aime boire ; Cerdan pas. Elle aime la vie nocturne ; lui a besoin de sommeil mais quand on s'aime, tout est si simple ! Le seul point noir est que leur liaison doit rester cachée à cause de Marinette... Chaque année, ils se retrouvent en Amérique où le Versailles renouvelle annuellement le contrat d'Édith Piaf et c'est à sainte Thérèse que la chanteuse demande que Marcel devienne champion du monde. Une prière qui se réalise. Édith est dans la salle quand, le 21 septembre, Cerdan arrache le titre mondial à Tony Zale. Jamais elle n'a été aussi heureuse... Et la vie continue.

Au mois d'octobre 1949, Édith est à New York. Marcel doit venir la rejoindre et remettre son titre en jeu. Elle l'attend avec impatience. Tellement qu'elle obtient de lui qu'il vienne avant la date prévue et prenne le Constellation du 27 octobre... Le Constellation qui n'arrivera jamais et qui s'écrase sur une montagne avec le champion du monde et Ginette Neveu, l'une des plus grandes violonistes de cette époque. La nouvelle foudroie Piaf :

– Il est mort et c'est moi qui l'ai tué. Moi !

Le soir, au Versailles elle chantera quand même. Néanmoins, raconte Auguste Le Breton, un silence de mort l'accueille quand elle entre en scène. Puis les applaudissements éclatent qu'elle repousse d'un geste de ses belles mains :

– Non, pas pour moi. Mais pour lui. C'est pour lui que je chante. Merci quand même...

Recommencer à vivre sans Marcel est une cruelle épreuve. Édith pense en venir à bout en s'occupant de la famille de son champion, de Marinette et des enfants. Sa vie va-t-elle s'arrêter ? Non à cause de ce grand, de cet immense besoin d'amour qui la talonne et la pousse en avant. Elle n'oubliera jamais Cerdan mais il y aura d'autres hommes et, après une terrible période où Piaf boit, se drogue, manque de naufrager dans les pires profondeurs, quelqu'un la remet en selle.

C'est Jacques Pills, qui fut la moitié d'un duo célèbre : Pills et Tabet. Il est charmant et Piaf le connaît déjà depuis des années : il était venu se faire entendre d'elle accompagné de son pianiste, un Méridional famélique nommé Gilbert Bécaud. Pills lui a plu et, le 29 juillet 1952, à la mairie du XVIe arrondissement, elle l'épousait. Son témoin, à elle, c'était Marlène Dietrich et Piaf portait au cou la croix d'émeraude que lui avait offerte sa grande amie. Le mariage religieux eut lieu à New York, le 20 septembre, en l'église Saint-Vincent-de-Paul parce qu'il n'y avait pas d'église Sainte-Thérèse. Pour une fois, Édith portait du bleu pâle avec un petit chapeau assorti et un bouquet de fleurs dans les mains. Elle avait cessé d'être en marge. Elle était enfin et véritablement Madame. En rentrant en France, le couple s'installe 67, boulevard Lannes dans un immense appartement qui verra défiler une bonne partie des têtes d'affiches du monde et que Piaf gardera jusqu'à sa mort.

Chaque année, Piaf retournait en Amérique. Après le Versailles et La Vie en rose pour Pills, c'était la tournée des villes américaines. Ce fut aussi pour elle l'arrivée des rhumatismes déformants dont elle allait tant souffrir. En plus, elle devenait trop superstitieuse, faisant tourner les tables jusqu'à une heure avancée de la nuit, cherchant à retrouver par-delà la mort cette sécurité, ce bonheur sûr que lui avait donné Cerdan et qu'elle n'arrivait pas à retrouver. Ce n'était pas faute de le chercher. Avant Pills, il y avait eu aussi Robert Lamoureux et Eddie Constantine : elle aimait les hommes grands, élégants et bien bâtis. Pourtant, il y en avait eu un qui n'obéissait pas aux canons de la chanteuse : petit, malingre, avec une curieuse voix enrouée... mais tellement de talent ! Il s'appelait Charles Aznavour. Le divorce avec Pills était inévitable...

Un autre amour allait bientôt la distraire : André Schoeller qui possédait une galerie de tableaux rue La Boétie. Piaf dans la grande peinture ! Piaf chez les intellectuels ! Pourquoi pas après tout ? Schoeller avait vingt-neuf ans, il était beau, élégant, charmant... mais aussi prudent car il était marié. Piaf avait quarante ans mais restait envoûtante avec ses beaux yeux bleu clair, sa peau fine, si blanche et sans rides. Néanmoins, ils se sépareront sans cesser d'être amis.

Déjà Piaf a subi plusieurs cures de désintoxication et sa santé se délabre. De brèves aventures encore : Félix Marten, Claude Figus et Georges Moustaki que son ami Henri Crolla amène un soir dans le « cirque Piaf ». Car on ne dort guère boulevard Lannes et on y boit sec. Moustaki s'installera mais donnera à Piaf « Mylord » son inoubliable chanson et il sera longtemps son guitariste. Un accident de la route où elle manque mourir, chasse le Grec de la vie intime de la vedette.

Un Grec, néanmoins, il allait y en avoir un autre, le dernier et celui-là lui apporterait, en dépit des quolibets et des rires moqueurs quelque chose d'infiniment pur, d'infiniment respectable pour employer un mot dont elle avait horreur.

Il se nommait Théophanis Lamboukas et travaillait avec son père qui possédait un salon de coiffure. Il vint un soir boulevard Lannes, emmené par Claude Figus et resta des heures à regarder Édith aller et venir, chantonner, boire...

Mais, en février 1962, atteinte d'une double bronchopneumonie, Édith est hospitalisée à Neuilly. Théo vient la voir, lui apporte une poupée grecque, puis des fleurs. Il la coiffe, lui fait la lecture et pour lui elle redevient coquette. Comme elle trouve son nom impossible, elle le rebaptise Sarapo qui, en grec, veut dire « Je t'aime »...

Revenu avec elle boulevard Lannes, il la soigne comme un bébé, la remet sur pied. Finalement, elle l'épousera en dépit d'une large différence d'âge que Théo juge négligeable car il aime vraiment cette femme étonnante dans laquelle la voix seule ne s'amenuise pas. En septembre, on passe ensemble à l'Olympia dans une chanson que le public plébiscitera : « À quoi ça sert l'amour ? » D'ailleurs quelques mois plus tôt, Piaf n'avait-elle pas proclamé « Non, je ne regrette rien... » avec une foi bouleversante.

Le mariage a lieu le 9 octobre à la mairie du XVIe et à l'église russe de la rue Daru. Dans un tailleur crème de Chanel, Édith est radieuse. Néanmoins, la mort s'approche En fait de voyage de noces, elle subit une nouvelle cure de désintoxication. Son dernier spectacle, elle le donnera à Lille en mars 1963. Elle en sort épuisée.

Théo a loué pour elle une maison au Cap Ferrat... qui se révèle bientôt trop chère. Alors Théo en trouve une autre, plus modeste, à Plascassier. C'est là qu'elle meurt, sa main dans celles de Théo, le 12 octobre 1963.... le même jour que Jean Cocteau dont la fin passera quasi inaperçue. Il n'était qu'un poète... elle était Piaf ! Et l'on sait ce que furent ses funérailles.

Resté seul, Théo fit face à tout : à un fisc fidèle à ses vieux principes, à des créanciers acharnés. Il paiera jusqu'à la dernière les dettes de sa femme. Sept ans plus tard, il la suivra dans la tombe, fidèle jusqu'au bout à cet amour que tant de gens trouvaient invraisemblable, contre nature, voire indécent, mais qui pouvait avoir vécu sous la magie de cette femme étonnante et en sortir indemne ?...

Table

Cet ouvrage a été composé et imprimé par
la Société Nouvelle Firmin-Didot
pour le compte des Éditions Bartillat
en octobre 2006

Dépôt légal : novembre 2006
N° d'impression : 81424
ISBN : 2-84100-391-4
Imprimé en France